부기
영화 2

BOOGIE MOVIE
부기영화
2

글 급소가격 | 그림 여빛

씨큐브

목차

작가님, 여기에 목차 써주시면 됩니다. 목차 아시죠? 그런데 정말 목차만 써주세요. 1권에 써주신 목차 스타일 반응

이 너무 안 좋아서 이번에는 그냥 정직하게 목차만 써주시는 게 나을 거 같아요. 지난주 홈플러스에 갔는데 만두 시

식용 구워주시는 이모님이 저를 보고는 "네놈이 목차를 그 따위로 적어놓은 출판사 직원이냐?"며 왕교자를 던지셨

어요. 간신히 받아 먹긴 했지만 기분이 그리 좋지는 않았답니다. 왕교자를 처음 물었을 때 팡 터지는 육즙이 아니었

다면 저도 이모님께 <부기영화> 1권 양장본을 던질 뻔했어요. 다 불태워서 없긴 하지만요. 아무튼 작가님 성향은

제가 잘 아는데 그렇다고 작가님 스타일대로 목차를 장난으로 쓰면 독자들이 찾고 싶은 페이지를 못 찾아요. 재미

를 추구하시는 건 이해하지만 솔직히 재미도 없고 목차 페이지는 그냥 목차만 들어가 있는 게 나을 거 같아요. 목차

페이지를 그 따위로 써놓는 건 왕교자 안에 정액 젤리를 가득 채워 넣은 것과 다를 바 없어요. 작가님도 동의하셨잖

아요? 이번에는 이상한 글 쓰지 마시고 목차만. 목차만 제발. 이상한 목차 말고 진짜 목차. 아니 갑자기 정액 젤리 이

야기는 왜요? 먹어본 적 없어요. 누가 그런 걸 먹, 아니 만들겠어요? 어떻게요? 만드셨다구요? 그럼 혹시 아까 저한

테 주셨던 게…. 야 이 개새끼야. 니거는 아니지? 와 씨발 진짜 이거 완전 개 미친 새끼네. 아, 잠깐. 혹시 그 젤리 단

행본 굿즈로 어떨까요? 이미 포함되어 있다구요? 어떤 굿즈에요? 아 알겠습니다. 역시 너다. 아무튼 지금 중요한 건

목차니까요. '진짜 목차' 아시죠? 진짜 목차만 적어서 보내주세요. 꼭. 제발. 부디. 한 번만. 딱 목차만 딱! 목차만 정확

하게 적어서. 부탁드립니다. 믿습니다.

목차는 책에서 주요 항목들을 나열한 뒤 해당 항목의 페이지 번호를 적어 쉽게 찾아볼 수 있게 한 것이다.

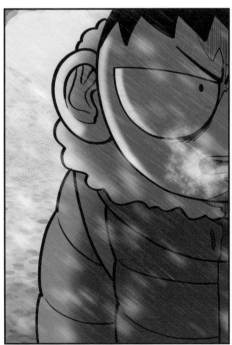

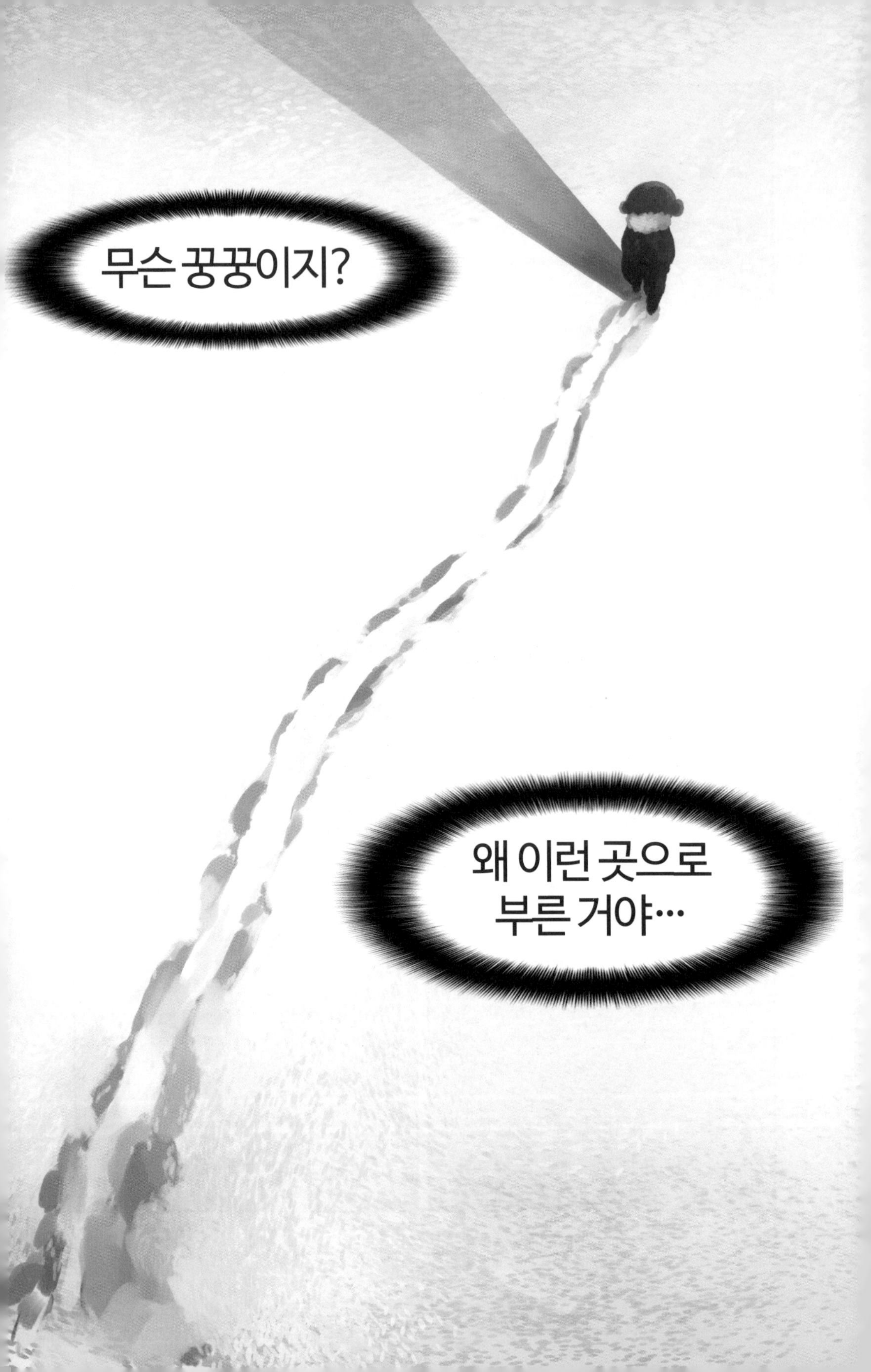
무슨 꿍꿍이지?
왜 이런 곳으로 부른 거야…

나의 시대가 끝나는
그날… 너는
여왕이 되리니.

딸아

네가 태어나던 날
온 세상이 네 이름을
속삭였단다.

엘

사

있을 수 없는 일이지만,
우리가 결혼했다고 가정해봅시다.

그런 거는 우리한테는 있을 수가 없어

딸을 둘 낳았는데
첫째는 냉법입니다.

냉법
약해요.

그럼 인간적으로 둘째는
화법이어야 하는 거 아닐까요?

왜죠?

···

···

왜일까요?
입이 있으면
말씀 좀 해보세요.

여러분 잘 생각해보십시오.
엘사와 안나의 성이
뭔지 아십니까?

그녀들의 풀 네임이 나왔나요?
안 나왔죠.

엘사 푸라우드무어와
안나 스노우 아닙니까?

이게 뭐냐??

몰라...

넘어갑시다.
남의 가정사에 깊이 관여하는 건
좋지 않으니까요.

여러분의 지나친 관심이
한 가정을 파멸로
몰고 갈 수 있습니다.

영화의 배경은 무역을 주요 사업으로 삼는 중세 북유럽의 항구도시입니다.

아, 사진은 신경 쓰지 마십시오. 브라보스입니다. 아렌델이나 브라보스나.

아무튼 엘사와 안나의 부모는 무역 국가의 왕족답게 사리와 계산에 밝습니다.

딸에게 냉기 초능력이 있다는 것을 발견하고
좋은 생각이 났는지, 만선의 꿈을 안고 대게잡이에 나섰다가 그만…

곰치야! 이 만선에 미친놈아!

왕과 왕비가 계시지 않으니 우리가 공주님들을 잘 보살피자.

그래. 그러자.

이상해!!

국민

졸지에 왕과 왕비 자리가 공석이 되었지만 놀랍게도 이 나라에는 아무 일도 생기지 않습니다. 대게의 보은일까요?

아무리 봐도 무역 항구도시인데, 왕족 내외가 죽었음에도 별 타격이 없다?

여기서 우리는 아렌델의 모델이 마카오라는 것을 알 수 있습니다.

답은 카지노다.

파친코 앞에서는 무역도 맥을 못 추는 것입니다.

미래는 우리 손안에 있다.

뿐만 아니라, 이 영화에는 의미심장한 장면이 하나 나옵니다.

어른들이 없을 때 아이들은 무엇을 하는가?

네, 그렇습니다. 문을 걸어 잠그고 무언가에 심취해 있지요.

똑, 또 똑 똑

언니, 또 인강 봐?

아무것도 모르는 어린 동생은 눈사람이나 만들며 놀자고 문을 두드리지만, 인터넷에는 어린 동생이 아직 잘 모르는, 눈사람보다 더 흥미로운 것이 많습니다.

대게의 보은으로 어른이 되어가는
안나와 평화로운 왕국.

엘사는 왕위를 계승하고
평화롭게 지낼 수 있을까요?

당연하죠. 모든 것이 약속된,
타고난 금수저인걸요.

그냥 엄마 아빠가
왕족일 뿐인걸요.

그러나 어리석게도
저의 충고를
무시하고 맙니다.

다들 기억하시죠?

제가 단행본 1권에서 뭐라고 했죠?
〈위플래시〉 편에서 뭐라고 했냐구요!
절대로 대머리를 비웃지 말라고 했죠?
이게 모든 비극의 시작이었습니다.

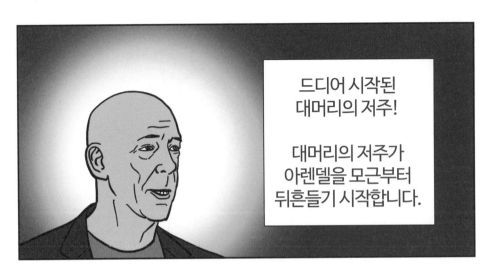

드디어 시작된
대머리의 저주!

대머리의 저주가
아렌델을 모근부터
뒤흔들기 시작합니다.

그 첫 번째 대상은

대머리의 저주로 지퍼가 없는 바지를
입게 된 옆 나라 왕자님이었습니다.
어이 방광! 위험하다고!

저딴 바지를 입은 남자와 결혼하겠다고 설치는 꼴을
우리의 엘사가 가만 두고 볼 리가 없죠.
엘사는 긴 세월을 자기 방에 갇혀 독수공방했거늘.

추잡한 것들!

못됐어!

부러워! (?)

엘사가 비록 냉법 능력으로
아무것도 못했지만

동생은 잘만 조졌습니다.
머리에 한 방 가슴에 한 방.

얼 음 죽 창

한 방에 보내버립니다.

"감히 내 앞에서 염장질을 해?"

엘사의 살기가
동생에게만 발동한 것이
과연 우연일까요?

결국 빡친 언니는 탈주하는데요.
왜 언니가 도망갈까요?

오히려 언니가 맞는 말을 했고
당당한데 말이죠.

아오!

앓느니
내가 죽지!

엘사가 왜 도망가죠?

왜냐하면, 우리가
쫓고 있으니까.

잘못한 게 없잖아요.

그래서 쫓는 거야.
그녀는 아렌델에 꼭
필요한 여왕이지만
지금은 아니란다.

이렇게 도망친 엘사는
속세를 피해 산속에 숨어
비구니가 됩니다.

이 멋진 장면에서
불후의 명곡
'Let it be'가 나오는데요.

마하반야바라밀다심경을
잘 표현한 곡이죠.

렛 잇 비 색불이공 공불이색~

마더 미륵 컴투미 위스퍼
위즈 오브 위즈덤 공수래 렛잇고

그런데 이 노래 와중에, 아주 중요한 사실이 얼렁뚱땅 넘어갑니다.

내가 직접 나서겠다!

바로 엘사의 개발 야욕입니다.

아름다운 설산에 의미 없는 다리를 놓더니 급기야 얼음 왕관 성채까지?
엘사도 별수 없는 토건족일까요?

지금 보니 엘사라는 이름도 아파트 이름 같지 않습니까?

북극곰 그림은 그냥 넣었으니 신경 쓰지 마십시오. 쟤는 원래 툭하면 웁니다.

아무튼 그런 위치에 성을 세우면
산맥의 푄 현상을 막아 산 아래쪽에 큰 피해를 줄 수도 있습니다.

게다가 저런 곳에 집을 지으면 수도와 전기는 어쩌죠?
설마 인터넷에서 생수를 열 박스씩 배송시키는 건 아니겠죠?

세금은 어떻게 한 걸까요?
아시다시피 임야는 양도소득세가 6~42%입니다.

그러니 여러분은 임야에 조경수를
10년가량 심어 세금을 절약하도록 하십시오.

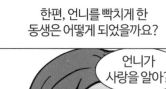

한편, 언니를 빡치게 한
동생은 어떻게 되었을까요?

언니가
사랑을 알아?

사랑증후군, 프로 사랑꾼,
공인 사랑사 안나의 불도저 같은
사랑 사냥을 보시죠.

언니를 찾던 안나는 어찌어찌 굴러 떨어져
산속에 있는 다이소에 우연히 들르는데요.

그런데 거기서 키 크고 잘생긴 얼음 택배 기사랑 순록을 만납니다.
이거 너무한 거 아닙니까? 찾으라는 언니는 안 찾고 또 남자를 찾아?

야, 얼음
사갈래?

언니는 평생 독수공방하다가 말년에 출가해
산속에서 교포 화장을 연구하고 있는데
동생은 가만있어도 남자가 알아서 꼬인다?

심지어 눈사람도 꼬입니다. 그것도 코가 아주 큰.

밑에다가 붙여도
별로 멋이 없네…

시무룩쓰…

결국 이 영화에서
안나와 관련 있는 수컷만 넷이죠.

같이 춤춘 대머리까지 치면
다섯입니다.

진짜 초능력자는
안나 아닙니까?

되는 놈은 포맷해도
야동이 깔려 있습니다.

이렇게 당하고만 있을
엘사가 아니죠.

얼음 회오리로
안나를 응징합니다.

명치를 세게 맞은 안나는
젊은 나이에 새치가 많아지는
저주에 걸리고 말죠.

조금 너무한 것
같다는 생각도 듭니다.

새치가 많아지면 부분 염색을 해야 하는데
부분 염색은 색 맞추기가 까다롭고
자주 뿌염을 해줘야 하거든요.

에이~ 씨
언니, 진짜…

결국 저렴한 뿌염 미용실을
찾아나서는 안나 일당.

지역 상권에 밝은 크리스토퍼와
스베누를 앞세웁니다.

그런데 여기서, 여러분
놀라지 마십시오.

돌이 말을 합니다?

말만 하는 게 아니라
춤도 추고 노래도 부르고
주례도 서네요?

만화니까 당연하다고요?
디즈니에서는 원래
그렇다고요?

그렇습니다. 디즈니에서는
찻잔도 말을 하고 동물과 물고기도 말을 하죠.
심지어 눈사람도 말을 하니까, 당연한 겁니다.

저 X 봐라?
돌이랑 말을
다 하네…

스벤의 눈물

아무튼 돌로 된 미용실 원장님은
발색이 자연스럽고 피부에 자극이 없으며
머릿결에도 좋고 가격마저 저렴한
상상 속 염색약을 찾는 안나에게

그럴 바에는 차라리 진실한 사랑이나
찾으라며 일침을 놓습니다.

같은 시간, 엘사는
얼음 왕관 성채 레이드를 온
공격대에 털려서 고어텍스에
손을 묶이고 말죠.

이게 다 대머리의 저주였습니다.

대게의 보은도 여기까지군요.

과연 안나는
발색이 자연스럽고
피부에 자극이 없으며

머릿결에도 좋은데
가격은 5천 원 이하인
뿌염 미용실을
찾을 수 있을까요?

과연 크리스토프는
최저임금 이하인
혹독한 택배 지옥에서

노조를 결성하여
택배 가격 정상화와
노동환경 개선을
이뤄낼 수 있을까요?

과연 스벤은
크리스토프가
자기 대사를 빼앗는 걸
대체 언제까지
좌시해야만 할까요?

과연 트롤들은 남한강 수석 마니아 아저씨들의
눈을 피해 잘 숨어 살 수 있을까요?

과연 아렌델 국민들은 냉장 기술의 발전에
힘입어 김치와 젓갈만 가득한
겨울 밥상에서 벗어날 수 있을까요?

과연 엘사는 멀리
동방의 반도국 대통령과의
비교에서 안전할 수
있을까요?

안나는 심장에 마법을 맞았는데
굳이 입술에 키스를 해야 할까요?

상처 부위에 직접 키스하는 게
좋지 않을까요?

！

나도 못 해본걸…

설마 이 사달을 내놓고
진실한 사랑 어쩌고 하면서
한 방에 해피엔딩이 되지는 않겠죠?

그러므로 여러분은 백합을 멀리하고 …

설마 한스 왕자가 억지로
악당이 되는 건 아니겠죠?

야, 내가 형이
열두 명이야~

건들

건들

설마 엄마 아빠가 탔던
대게잡이 배가 근처에
표류한 건 아니겠죠?

이 영화 나온 지 7년이 지났는데
설마 우리 윗집 애새… 어린이가
아직도 렛잇고를 부르면서
발을 구르는 건 아니겠죠?

네! 아닐 겁니다!

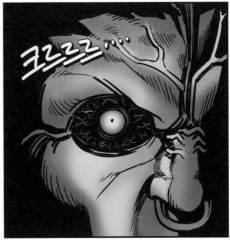

치밀하게 기획한 작품이기에 덕후들의 지갑을 노리는 수단이 참으로 다양합니다.

TV판 애니메이션으로 26편이 있고 블루레이로 만날 수 있는 별도의 미니 드라마,

음반, 만화책, 게임에 라디오 방송,

성우들이 캐릭터 의상을 입고 공연도 하고

거기에 AV까지!?

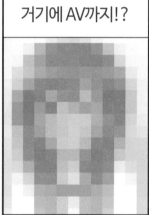

이런 걸 보통 원소스 멀티유즈라고 해요.

원소스 멀티유즈가 뭐냐 하면,

라면스프랄까?

얼뜨기
라면스프

그런데 생각해보세요. 이토록 다양한 상품을 모두 구입하려면, 보통의 재력과 시간으로는 불가능하잖아요?

대체 덕후란 무엇일까요?

십오덕이다.

이런 경지에 올라야
비로소 현실을 멀리하고

모니터 속의 캐릭터들과
하렘을 건설할 수 있게 되지.

그런데 문제는…
TV판 애니메이션이
26편이나 된다는 거예요.

영화 한 편을 리뷰하는 데
무려 26편의 애니까지
봐야 하다니

역시 무리인 걸까…

무리는 무슨! 여러분,
걱정하지 마십시오!
우리가 어떤 만화입니까?

아무리 쉬운 영화라도 어렵고 진지하게 잘 요약하기로
유명한 부기영화 아닙니까?!

별 내용 없다

진정하십시오…

놀랍게도 사실입니다.

오코노미야키 고등학교라는 곳이 있습니다.
우리 식으로 말하면 해물파전 특성화 고등학교인데요.
인구 감소로 인해 신입생이 없어서 폐교될 위기에 처합니다.

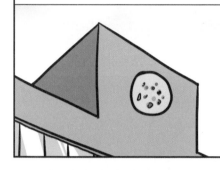

저출산 나빠요.

그런데 이 학교 2학년에
재학 중인 호노카가
학교의 존속을 위해
스쿨 아이돌을 만들기로
결심합니다.

FIGHT다요!!

학교 직속
아이돌을 만들어
유명해지자!

그런데 우리가 살아나면
다른 학교가 폐교될 수
있잖아?

상관없다요!

칭기즈칸의 후예일까요?
호노칸의 추진력은 그야말로 무시무시해서

이 학교에서 얼굴이 반반하고
눈알은 손바닥만 하며 안짱다리로 걷고
총천연색으로 머리를 염색한 여덟 명의 학생이
그녀의 협박에 굴복해 아이돌이 되고 맙니다.

호
노
칸

이 과정에서 의대에 진학하려던
마키, 해외 유학을 준비하던
코토리의 앞날을 망쳐놓게 되죠.
여러분은 친구 잘 사귀십시오.

엄마새 (코토리 엄마)

"얘가 원래 착했는데, 이상한 친구들을 사귀기 시작하더니..."

일본 애니에서만 볼 수 있는 정형화된 캐릭터들이 등장합니다.

소꿉친구한테도 평생 존댓말을 하는 애랑

나??!

비염 때문에 꽉 막힌 목소리로 말끝마다 냥냥을 붙이는 고양이 귀신에 씐 애랑

냐~ 냐~ 하니까 X 같냐?

러시아에서 왔다고 주장하는데 정작 러시아어는 하라쇼 하나밖에 모르는 애

너네도 하라쇼 밖에 모르잖아!!

시발쾅

자기 몸통만 한 주먹밥을 먹을 수 있는 푸드 파이터

그렇다고 밥을 던지지는 말아주세요.

애니라서 가능한 캐릭터도 있죠.

공책에 낙서를 잘한다고 무대 의상을 척척 만들어내는 코토리

코토리가 옷 그리는 걸 좋아하니까요! 짹짹

하, 나 진짜…

참아, 참아

왜 그래~

패션 디자인 과

피아노를 잘 친다고 편곡과 녹음, 믹싱까지 척척 해내는 마키

그냥 감각으로 하는 건데요.

실용음악 학과

패션 디자인 과

53

마지막으로 랍비가 나옵니다. 분명 고3인데 인간사의 모든 고뇌를 깨우친 것처럼 말하죠.

모든 대사가 탈무드 그 자체입니다.

처음에는 카드 들고 깝죽대더니 컨셉이 안 먹히자 결국 가슴을 내미네요.

그리고…

울었습니다. 바닥에 꿇어앉아서 정말 미친 듯이 울었습니다.

간수가 옆에서 왜 우냐며 위로하는 말도 귀에 들어오지 않는 듯 니코쨩은 달랐습니다.

ㄴㅋㄴㅋㄴ~~!!

손발이 오그라들고 펴지고를 반복… 난생처음 부끄러움 때문에 눈물을 흘려보네요.

이상 9개의 그림이 활기차게 웃고 떠들면서 신나게 노래하고
춤추는 내용이 러브라이브의 큰 줄기입니다. 기본적으로 세미
뮤지컬의 형태, 넘버들은 대부분 경쾌하고 꿈과 우정을 노래합니다.
즉, 보고 있으면 그냥 기분이 좋아지는 애니메이션입니다.

헤헤…

극 중의 갈등이라고 해봐야 호노칸이
요시! 이꾸! 하면 해결되고 서로 마주 보고
파이팅! 하면 해결되는 식입니다.

아니꼬우면 나랑
FIGHT다요!!

그것도 안 되면?
다 같이 바다로 놀러 가서
전방에 힘찬 함성 5초간
발사하면 쉽게 해결되죠.

으아~~ 아아아ㅏㅏㅓㅏ아아~~

〈1기〉
호노칸이 여덟 졸개를 모아
스쿨 아이돌 '뮤즈'를 조직,

유학길에 오른 코토리의 앞날에
재를 뿌린다.

〈2기〉
고3 노땅들이 졸업으로 은퇴를 앞두자
빡쳐서 그룹 해체를 결정,
다 같이 울고불고 난리를 부린다.

강력한 라이벌이었던 A-rise는
누구보다 빠르게 쩌리가 된다.

저, 그냥
유학 갈게요.

안 된다요!

A- rise는
풋내기였으니까!

시밤쾅!!

보시다시피 별 내용이 없습니다.
중간중간 팬 서비스를 위해 다 같이
바다에 놀러 가 수영복을 입거나 (중요)

합숙을 하면서 각자의 귀여운 모습을
보여주기 위해 최선을 다하지만
이야기 면에서는 분명히 빈약하죠.

누가 빈약하다고?!

짜샤

억울해잉!

그러나 이를 전략적 선택으로
볼 수도 있겠습니다.

빈약하다는 약점 뒤로 쉽고
간결하다는 장점이 있으니까요.
더 많은 연령대에서 더 많은
덕후를 끌어모은 뒤
캐릭터를 파는 전략입니다.

덕후는 돈이 된다.

따라서 이런 유형의 애니메이션들은
캐릭터 어필에 모든 역량을 집중합니다.
그리고 그 전략은

팬 투표라는 궁극의
마케팅으로 이어지죠.

팬 투표라는 건 우리의
민주주의에서처럼 1인 1표가 아닙니다.
블루레이나 음반을 사면 들어 있는 투표용지로
자신이 좋아하는 캐릭터에게 투표하는 것인데,

그러다 보니 각 캐릭터의 팬들끼리 경쟁이 붙고
자신의 덕력을 뽐내려는 자들에 의해
사재기 현상까지 일어나기도 했죠.

더 많은 굿즈를 사서 더 많이 투표해
내가 좋아하는 캐릭터의 순위를 올리자.
그야말로 무서운 전략입니다. 팬심이 불쌍해질 만큼.

기호1번

호노칸

"니쿠 다이스키"

그러나 저에겐 이런 수 통하지 않아요.

줄거리 꺼져! 우리의 귀여운 모습이나 감상하시지! 하는 이 작품에서 저는 별 매력을 느끼지 못했습니다.

여고생 그림을 몇 개 던져봐라 선라이즈.

우와아앙

0의 데미지를 입었다.

메가박스

오늘! 우리는 극장판 러브라이브!

뮤즈의 마지막 라이브를 보기 위해 이곳에 왔다!

와아아아아아아아

굿즈를 들고!

척 척 쿵척

쿵척 누구냐!?

극장판의 내용은
노래를 기준으로
3등분할 수 있습니다.

미국 놀러 가서
벌어지는 이야기,
다른 스쿨 아이돌들을
병풍으로 세우고
진행한 길거리 공연,

그리고 뮤즈의 마지막 노래.

극장판도 이야기 면에서는
큰 내용이 없습니다.
굳이 따지자면 TV판
2기에서 조금 늘린 정도?

그러나 극장판다운 작화,
여전한 조합과 재미,
그리고 마지막 곡 하나

마지막 곡, '우리들은 하나의 빛'은
그야말로 이 애니 팬들에게 선사하는
최고의 선물이었습니다.

팬들이 지금까지 쓴 돈이 얼마인지,
애니 속 아이돌 팬질을 한다고
손가락질 받던 굴욕이 어떠한지,

극장판 이야기가 얼마나
빈약한지를 비롯해

이 모든 시작, 첫 싱글의
초동 판매량이 간신히
400장을 넘긴
망작이라는 조롱과

기존 다른 아이돌 애니와
차별점이 없다는
혹독한 비판 속에서

러브 라이브!

The School Idol Movie
더 ★ 스쿨 ★ 아이돌 ★ 무비

사실상 최악의 상황에서 출발했던 〈러브 라이브〉가
이 길고 험난한 여정 끝에 남긴 그 곡은

65

이 모든 고난을 까맣게 잊을 정도로 화려한

최고의 팬 서비스,
최고의 마무리 투수였습니다.

더 나아가

이 곡은 이별의 송가입니다.
즉, 뮤즈의 팬들은 이별을 하는 중이었습니다.

이렇게 〈러브 라이브〉는 출발부터 결말까지 온전히 팬들의 것이 되었어요.
공감하는 사람은 함께 추억을 나누고 이해하지 못하는 사람은
평생 이해하지 못할 것입니다.

스토리가 빈약해요. 뮤지컬로서 넘버가 부족합니다.
귀신인지 시간 여행자인지 헷갈리는 인물이 나와 마이크를 잃어버립니다.

마케팅 전략은 이보다 더 노골적일 수가 없습니다.
방심위로부터 청소년 유해 판정까지 받았죠.

그래도·괜찮아요.
이 작품은 이 작품을 사랑하는 자들의 것입니다.

인간이 사랑할 때
그 대상이 무엇이든
사랑하는 인간의 모습은 항상

희미한 예감에서 시작해
그저 빛을 좇아가는 것일 뿐이죠.

고마워 마키.
덕분에 행복했어.

또 불러줄 거지?

이번 영화는 조금 바쁩니다.
등장인물이 많거든요.

캡틴 아메리카
: 시빌 워

하지만 걱정할 필요는 없죠.
진짜 주인공은 단 세 명뿐이고
나머지는 다 겉절이이니까요.

스칼렛 위치!

블랙 위도우!

그리고 샤론 카터!!

나머지는 그냥 다 시빌 놈들이죠.
이 시빌 놈들이 싸우는 바람에 샤론 카터가 조금밖에 나오지 못했습니다.

이 시빌 놈들을 한 명씩 찬찬히 훑어봅시다.

70년 동안 잠들어서 대위 70호봉이 된
호봉제의 깡패, 캡틴 아메리카입니다.

특기는 키스인데요. 고모한테 한 방, 조카한테 한 방.
전통적 가족제도를 위협하는 욕정의 노예입니다.

우리 버키는 물지 않는다고 빼애액거렸는데
알고 보니 버키가 누군가를 심각하게 물었죠.

그럼에도 불구하고 나 버키 못 잃어,
윈터 솔져 못 잃어 하면서 억지를 부립니다.

대저택에 스칼렛 위치와 비전을 감금한 뒤
그 둘을 몰래 지켜보는 토니 스타크입니다.

얘들아 말 좀
들어라 ㅠㅠ

감금 플레이에 요리를 못 하면 나갈 수 없는 집,
거기에 엿보기 구멍까지.

여기서 끝이 아닙니다.
영화 중간중간 보면 만년필 같은 도구를 꺼내는데
우리는 저런 도구가 어디에 유용하게 쓰이는지
잘 알고 있죠.

세상에 맙소사. 이젠 휴대하면서까지??
아직도 모르겠어요?
그에게서 슈트를 빼면 뭐가 남는지.

골프왕 홀인원 아이입니다.
PGA US 오픈 총상금이 천만 달러인데
왜 여기 와서 이러는지 모르겠습니다.

분량을 확보하기 위해 감옥에서 토니 스타크에게
과도하게 비난을 일삼던데, 로키의 꼬붕이 되었던
〈어벤져스〉 1편의 기억은 잊은 걸까요?

세뇌나 당하고
말이야… 쯔쯔

이 밖에도 와탕카에서 온 블랙 팬티와

왕가의 적을 멸하는 존재

이젠 아이언맨과 1%의 우정을 나눠야 하는 워 머신

워 머신을 이렇게 만든 비젼규직도 나옵니다.

〈어벤져스〉 2에서는 엄청난 활약을 할 것처럼 등장했지만, 결국은 집 지키는 세콤 역할만 하네요. 이것이 비젼규직의 설움입니다.

하루에도 몇 번씩 커졌다 작아지는 앤트맨입니다. 우리 모두는 앤트맨이죠.

블랙 위도우와 뒤엉켜 나뒹굴 때는 작아졌다가 워 머신의 하체를 질펀하게 감싸 줄 땐 커집니다. 저랑은 반대군요.

드디어 스파이더맨이 등장했습니다.
분명 초면인데 이상하리만큼 익숙하고
마치 5편의 영화를 본 것처럼
지긋지긋합니다.

길게 뻗은 신체 말단 끝부분에
힘을 주면 그 끝에서 하얗고
끈적한 것이 발사되는데,

그것이 묻으면 상대방은
크게 당황하거나 불쾌해하며
잘 움직이지 못하는
상태가 됩니다.

거미줄이니까 당연하죠.

이상 단역 소개를 마칩니다.
머키인지 버키인지
뭐가 빠진 것 같은데,

그것보다는 이 단역 놈들 쌈박질에
세 주인공이 조금밖에 나오지
못한 게 너무 화가 납니다.

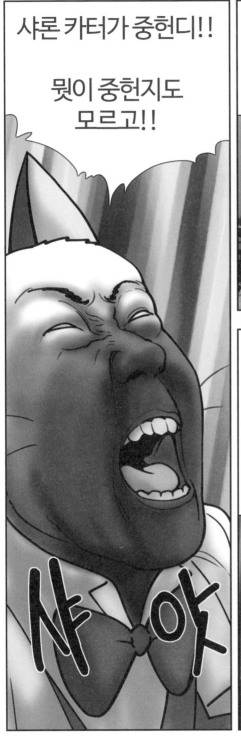

샤론 카터가 중헌디!!

뭣이 중헌지도
모르고!!

아아 샤론 카터···
버키에게 발차기
해주시는 거 봤어요?
버키는 좋겠다.

블랙 위도우는 아예
행복잡기를 해줍니다.

히야··· 버키 완전 생일이네!
목 졸리는 와중에
얼마나 웃고 있을까.

그러나 이렇게 모든 배우가
극한의 와이어 액션과 무술을 선보이는 동안,

액션 복지 사각지대에서 소코비아의 나루토,
스칼렛 위치는 인술로 CG팀을 조지고 있습니다.

손만 살랑이면 실질적 액션은 CG팀이 알아서 합니다.
액션 낙수효과죠.

그런데 이 슈퍼히어로들이
더 이상 조질 외계인도 없고
기계 악당도 만들기 귀찮으니까
결국 지들끼리 싸우기
시작합니다.

갈등의 씨앗은 소코비아 사태와

그로 인한 소코비아
협정이었습니다.

소코비아가 폐허가 되자,

'소코비아에서
바르게 살기 운동 본부'와
'소코비아 엄마 부대'가
크게 분노했는데,

이 문제로 어벤져스 멤버들이
캡틴과 아이언맨을 중심으로
대립하는데,

첨예하게 부딪히는 두 신념이
이번 영화의 핵심입니다.

무기왕 시절의 토니 스타크는
자신이 개발한 무기가 내전과 테러에
쓰이는 것을 보고 큰 충격을 받습니다.

이후 〈어벤져스〉에서 그는 지구 밖 세상을 경험했고
〈어벤져스〉 2편에서는 끔찍한 미래의 환영을 보죠.

이후 그는 〈아이언맨 3〉에서 불안 장애를 얻고
울트론을 이용한 이상적 방어 시스템을 원하게 됩니다.

불안과 공포, 죄책감은

그를 개인주의와 자유주의에서
강력한 시스템을 갈구하는
체제주의로 옮겨놓습니다.

군대라는 가장 강력한 체제의 선봉장이었던
스티브 로저스는 정반대의 경험을 합니다.

그는 〈퍼스트 어벤져〉에서 레드 스컬이 이념과 사상을
이용해 평화를 위협하는 광경을 목격했고,
〈윈터 솔져〉에서 평화를 수호하려는 실드의 시스템이
개인의 자유를 구속하고, 무고한 자들을 위기에
빠뜨릴 수 있다는 것을 깨닫습니다.

이념, 사상, 그리고 시스템은 개인에서 슈퍼 솔져,
군대의 상징이 되었던 그의 역사를 되돌려
다시금 순수한 개인을 지향하게 만들어놓습니다.

결국 그는
자신을 기억하지 못하는 오랜 친구 앞에서
방패를 버립니다.

체제를 포기하고 인간성을 택하지요.

지난 영화들에서 두 인물이 가진 신념의 대립은
이미 예견되어 있었습니다.

그 대립은 '지모'라는 방아쇠를
기다리고 있었던 건지도 모르겠습니다.

지모는 지금까지의 마블 악당들과는 다른 방식으로 행동합니다.

신념의 대립에 감정의 골을 파놓고
캡틴과 아이언맨, 두 평행선을 몰아넣었습니다.

캡틴에게 버키는 친구 이상의 의미가 있었습니다.

캡틴은 70년간 잠들어 있었고
그가 깨어났을 때, 그를 아는 사람은
온전치 않은 정신의 페기 카터뿐이었죠.

많은 동료가 있었지만
캡틴은 항상 다른 시간대에서 온 이방인이었고
슈퍼 솔져가 되고 난 이후의 동료들이었습니다.

캡틴 아메리카가 아닌
브루클린의 약골, 스티브 로저스를 기억하는 사람은
이제 세상에 단 한 명뿐이었죠.

그마저도 기억이 조작되고 세뇌당한 채
원치 않는 살인을 일삼게 된 범죄자였습니다.

만약 그때 스티브가 버키를 구했다면,
버키는 윈터 솔져가 되지 않았고

이 모든 불행은 일어나지 않았을 것입니다.
버키의 현재는 스티브의 업보입니다.

그래서 스티브는 버키를 놓칠 수 없습니다.

버키는 스티브라는 존재의 마지막 증인이고
그가 사라지면 스티브는 영영 21세기의 미아가 되니까요.

사고로 기록된 토니 스타크 부모님의 죽음은
윈터 솔져의 소행으로 밝혀졌습니다.

또한 토니가 돕고자 했던 캡틴 아메리카는
그 사실을 알면서도 오랫동안 토니에게 숨겨왔습니다.

캡틴 아메리카는 토니의 아버지가 만들어낸
슈퍼 솔져였고, 토니의 부모님은
슈퍼 솔져 혈청 때문에 목숨을 잃었습니다.

이제야 진실을 알게 된 토니의 눈앞에는

부모의 원수와
자신을 기만하고 원수를 감싸는 동료가 있습니다.

지모는 성공했습니다.

대립과 갈등은 신념의 영역에서
감정의 영역으로 번졌습니다.

이 싸움은 이제 캡틴 아메리카와
아이언맨의 대립이 아닌

브루클린의 약골이자 21세기 이방인과

부모가 죽던 날 아침
퉁명스럽게 행동했던 죄책감에 평생을 괴로워했던
사고뭉치 외아들의 싸움입니다.

이 모든 것을 계획한 지모는
어벤져스로 인해 가족을 잃었고
그에 대한 복수를 원하는 사람입니다.

자신의 복수가 무고한 사람을 죽게 할 것이라는 것도,
이 복수의 끝이 허무할 것이라는 것도 이미 알고 있었죠.

울트론의 파괴적인 힘이나
치타우리 종족의 대규모 군대 없이

지모는 그들보다 훨씬 많은 일을 해냈습니다.

지모라는 악달의 품격을 높여준 것은 인간성입니다.

깊은 슬픔과 허무는 타당한 복수심과 냉정함을 낳았고
만화책에 갇혀 있던 마블 시리즈의 스펙터클을
관객 바로 옆, 살아 있는 사람의 이야기로 데려옵니다.

하늘을 날던 영웅들은 이제 지모의 눈높이에서
팔을 잃고 슈트가 망가지고
방패를 버리고 와해됩니다.

그들이 모두 인간이었기 때문입니다.
지모는 그들을 인간의 높이로 끌어내렸습니다.

승리나 패배 같은 가공의 결말이 아닌,
복수의 굴레에서 모두가 침몰한,
인간적인 결말입니다.

이 영화를 오랫동안 기다려온 마블 팬 중에서
실망한 사람을 찾기는 어려울 것입니다.

많은 등장인물을 성의 있게 묘사했고
갈등은 차곡차곡 쌓여갔으며 결말은 대단했죠.

〈어벤져스: 에이지 오브 울트론〉을 봤을 때
저는 슈퍼히어로 영화의 유통기한이
얼마 남지 않았다고 생각했습니다.

이 영화는 제 생각을 뒤집어버렸고,

무엇보다…

으아아아아악!!!

'아스카'

'치킨'

'흉부'

'합법'

너만 알고 있어 한 번 넘어

사람들은 〈부기영화〉가 2014년 어떤 인터넷 커뮤니티에 올라온 〈인터스텔라〉 리뷰에서 시작됐다고 믿는다. 진실은 그렇지 않다. 〈부기영화〉는 그보다 조금 먼저 시작됐다. 기원전 4511년 압구정동의 한 힙합 클럽에서 5대 중과실도 보장해주는 운전자 보험을 팔던 '4대 급소가격'이 최초로 〈부기영화〉를 기획했고 프랑스 혁명 당시의 '급소가격 191세'에 이르러 구체화되었다. '급소가격 191세는 자신의 글을 받아낼 그림작가를 찾기 위해 혈안이 되었는데, 가장 먼저 그의 눈에 들어온 것은 1799년 프랑스 혁명 막바지에 길거리에서 타코야키를 팔던 급대가격이었다. 급대가격은 타코야키 10개 당 20달러에 팔고 있었는데 '급소가격 191세는 포장하는데 왜 배달비가 청구되느냐며 따져 물었다. 급대가격은 타코야키가 내 손에서 니 손으로 배달 갔으니 배달비가 청구되는 것은 당연하다고 맞섰고 결국 둘의 다툼은 재판까지 가게 되었으나 우천으로 취소되었다. 마치 하늘에 구멍이라도 난 것처럼 쏟아지는 폭우 속에서 급소가격과 급대가격은 정식 재판 대신 프리스타일 랩 배틀로 승부를 가리기로 했다. 둘의 랩 배틀은 경기도 일산에 있는 느낌이 있는 책 출판사 탕비실에서 열렸는데 샤크라의 "제각기였기 때문이기 잊지 않기 제각기 이기적이었기 때문이기"를 준비해온 급대가격을 망치로 후려친 급소가격이 승자가 되었다. 지금까지 부기영화의 시작에 대해서 알아보았구요. 유익하셨다면 좋아요와 구독 부탁드리며 더 자세한 이야기가 듣고 싶으면 DM으로 매너 있게 가격제시 부탁드려요.

이것은 아름다움.

그 아름다움을 묘사하려다 그저 인간 언어의 한계를 발견할 뿐.

아찔하게 역전된 선과 악의 이분법.

예술처럼 전복된 빌런과 히어로.

모든 액션은 말초신경을 최대치로 자극하고

유머러스한 대사들은 관객들의 취향을 정확히 관통.

하지만 그 쾌감의 폭풍 속에서도 인물들의 개성은 철옹성처럼 굳건하다!

이 영화가 이렇게 성공할 줄
누가 예상했을까?

네?! 누가 예상했습니까!?
누가 예상이나
했겠냐구요??!!

말씀해보세요! 입이 있으면
말을 해보시라 이겁니다!

수스쿼가 망했다고!
그렇게 선동과 날조를
일삼았지만,

오직 백두혈통
부기영화만이 이 영화의
가치를 정확히
예측했습니다!

제가 뭐라고 했습니까?
틀림없이 명작이라고!

영화사를 새롭게
써내려갈 것이라고!
DC가 드디어 진가를
드러낼 것이라고!!!

응?

수… 수스쿼….

부기들의 등장

기대해줘서… 고마워….

〈저스티스 리그〉도 기대해줄 거지?

!!

예고편 장난 아니던데?

그래, 관객은 이런 영화를 기다려왔어.

사랑꾼.

DC 코믹스

무슨 소리야? 그런 따뜻한 감정은 치우고 조지고 부수고 음악 틀고 총 난사해야지.

자본주의의 첨병신이자 흥행의 망술사 DC가
2억 달러를 들여 4달러짜리
영화를 만드는 데 성공했습니다.

1달러는 윌 스미스의 몫,
1달러는 마고 로비의 몫,
1달러는 보헤미안 랩소디의 몫,

음마아〜

나머지 1달러는 이 영화의
저승길 노잣돈입니다.

수스퀴

영화가 어떠냐구요? 악당들의 이야기가 잘 살았냐구요?

캐릭터? 그딴 게 어딨습니까!

이 영화에서 본분을 다한 것은 오직 하나, 또다시 폭발한 영화 속 헬리콥터뿐입니다.

왜 나만...

그리고 또 뭐? 응? 그다음 캐릭터? 그냥 폭탄입니다!

지하철을 한 손으로 쪼갠 빵끈 괴물도 폭탄 한 방!

몇 시간 동안 골반을 흔들며 완성해낸 궁극의 인류 말살 대재앙?

그냥 다 폭탄 한 방에 끝이야!!!! 자살특공대? 그냥 정크랫 혼자 가도 이긴다고!!!!

일급 기밀문서는 전용 봉투 등등 운반 원칙이 있다고!!!
그냥 핸드백에 넣어 다니는 게 아니라!!!!
이게 일급 기밀문서야??
우표수집 책이 아니라????
차라리 표지에 세줄 요약도 써놓지?!!

그만해. 눈깔 터지겠어.

그래. 그리고 대충 알아보니까
곁에 톱 시크릿이라고
쓰여 있는 경우도 많더라.

뭐??? 그만해??

그만하라고!!??

이 일급 기밀문서가 왜 최악인 줄 알아??
이걸 윌 스미스가 읽고 집어 던진 후에
무슨 일이 있었는지 아냐고!!!!

난 내 딸을 사랑해

난 항상 불행했지

나만 할까?

너희들 이 칼에
무슨 사연이
있는지 알아?

이 빌어먹을 술집에서!!!

전국 사연 자랑을 시작하는데…

회상과 설명을 빼고 나면
죄수들이 행군한 뒤 술집에서 쉬었다가
폭탄 던지는 내용밖에 남질 않습니다.

현재 이야기는 빈약하고
수시로 관객을 끌고 회상으로 잠수를 하니
영화가 재미있을 수가 없죠.

영화가 회상에 몰두하는 동안
현재에서 진행되어야 할 이야기는
비참하게 버려집니다.

카타나는 릭 플래그의 경호원인데
릭 플래그가 두 번이나 끌려가는 동안
화면에 보이질 않고

자신의 능력이 두려워 감옥에서도
스스로 격리되었던 엘 디아블로는
고작 하룻밤 산책 한 번에 새 가족을 얻습니다.
심지어 자신을 희생하기까지 하죠.

그냥 다 개판입니다.

주인공들의 사연을 굳이 숙제하듯 제시할 필요가 없었어요.

나쁜 놈들이, 그냥 나쁜 놈들이었다면 이 영화는 더 쿨했을 겁니다.

나쁜 놈들이 나쁜 짓을 하고
기분 내키는 대로 깽판을 치고
나중에는 자기들끼리 서로 치고받고 싸우다가
심심하니까 인챈트리스나 조지러 갈까?

했어도 이 영화는 말이 됐을 겁니다.
그 편이 훨씬 더 나았겠죠.

지금 이건, 그냥 현장 르포 동행입니다.

내용 면에서 각본이 이런데, 연출은 조금이라도 나을까요?

...

제가 또 하나 문제 삼고 싶은 것은 영화의 편집입니다.
편집점이 혼란스럽습니다.
어떤 컷은 지루해 지칠 정도로 오래 끌고
어떤 컷은 뭐가 보이기도 전에 넘어가거든요.

이 영화의 편집은 실망스러운
정도를 지나, 대체 무슨 일이 있었나
싶을 정도로 수상합니다.

원래 이런 감독인가?

이걸 봐…

거, 거짓말…

사실이야. 나도 놀랐어.

… 〈퓨리〉의 연출가라고??
〈U-571〉의 각본가???

그 전설적인 잠수함 영화의
각본가가 이딴 영화를??

아무래도 진짜 무슨 일이
있긴 있었나 봐.

퍽

제길. 이제 그게 다
무슨 소용이야!
영화는 망했는데!

터덜

터덜

BOOGIE MOVIE

당신은
아무것도 모른다.

사람들은 〈부기영화〉가 진지하고 학술적이며 온 가족이 함께 볼 수 있는 건전함을 지향하는 영화 리뷰 웹툰이라고 믿는다. 진실은 그렇지 않다. 〈부기영화〉는 그보다 조금 더 심오하다. 〈부기영화〉는 우주적 균형을 수호하고 엔트로피의 폭주를 제어할 수 있는 웹툰이다. 당신이 부기영화를 사랑하는 이유는 단지 〈부기영화〉가 유익하기 때문만은 아니다. 〈부기영화〉를 남들 앞에서도 당당하게 볼 수 있을 만큼 스스로의 품격을 더 높여준다고 생각하기 때문만도 아니다. 소개팅 자리에서 〈부기영화〉 단행본을 꺼내는 순간 소개팅 장소가 커피숍에서 모텔로 바뀌기 때문만은 더더욱 아니다. 당신이 〈부기영화〉를 이토록 미친 듯이 사랑하는 이유는, 당신이 그저 우주에서 꽤나 중요한 인물이기 때문이다. 당신은 잘 모르겠지만 당신은 존재의 사명으로써 〈부기영화〉를 사랑하고 있다. 〈부기영화〉를 사랑하는 것, 매주 보는 것, 댓글을 달고 팬카페에 방문하는 것, 단행본 펀딩에 앞다퉈 참여하는 것, 부모님과 자식에게 〈부기영화〉를 알려주는 것, 명절날 온 가족이 보는 앞에서 〈부기영화〉를 홍보하는 것, 〈부기영화〉 굿즈를 들고 동창회에 참석하는 것, 노트북과 자동차 트렁크에 부기영화 스티커를 붙이는 것. 그 모든 것은 이 우주의 평화 유지를 위한 행위들이었다. 당신은 그걸 모른다. 이 우주는 거대 전함과 행성 파괴 무기로는 지킬 수 없다. 우주를 지킬 수 있는 것은 오직 사랑뿐이다. 그것도 당신의 사랑. 더 정확하는 〈부기영화〉를 향한 당신의 사랑이다. 이제 당신은 모든 진실을 알았다. 하나 모두가 진실을 아는 것은 아니다. 어떤 사람들은 영원히 진실을 모른 채 살아가야 한다. 당신은 〈부기영화〉를 권하며 진실을 전파하고자 하겠지만 그것이 생각만큼 쉽지는 않을 것이다. 나도 수없이 시도해보았다. 하나 내게 돌아오는 것은 차가운 모멸의 눈초리뿐이었다. 적당히 타협하라. 이 우주를 수호하는 데 다른 사람의 도움을 바라는 것은 어쩌면 사치일 것이다. 혼자서 뚜벅뚜벅 걸어라. 〈부기영화〉는 언제나 당신의 편이다. 지금까지 그래왔던 것처럼 앞으로도 영원히, 또한 열렬히 〈부기영화〉를 사랑하라. 사랑하고 사랑하고 또 사랑하라. 우리의 매출, 아니 갑자기 오타가. 우리의 우주가 당신에게 달렸다. 잊지 마라. 당신은 너무나 중요한 호구, 아니 키보드가 왜 이래. 당신은 너무나 중요한 존재다. 당신이 없으면 나는 주택담보 대출을, 아 미치겠네. 당신이 없으면 나는 이 우주를 홀로 쓸쓸히 지켜야 한다. 명심하라. 이 길의 끝에는 너무도 찬란한 파산, 야 키보드 좀 새 걸로 갖고 와 봐. 이 길의 끝에는 너무도 찬란한 영광이 있을 것이다.

연인이 있습니다.

남자는 우울하고
소심한 색

여자는 충동적이고
열정적인 색입니다.

둘은 사랑으로 타올랐고
권태로 식어버렸습니다.

충동적인 여자는 연인의
기억만 지워주는 회사를 찾아가
연인이었던 남자에 대한
기억을 지워버립니다.

그 사실을 알게 된 남자도 같은 선택을 합니다.
옛 연인에 대한 분노에, 혹은 감당하기 힘들었던 이별의 고통에.

남자는 그녀에 대한 기억을 지우는 데 동의했고
영화는, 호감에서 사랑을 지나 권태로 이어졌던
남자의 시간이, 화면과 그의 무의식 속에서
역순으로 재생됩니다.

예전으로

더 예전으로
재생된 기억은 이윽고 삭제됩니다.

그러다 열렬하게 사랑했던 기억에 도착한 순간
남자는 그제야 이 기억의 소중함을 깨닫습니다.

기억의 한복판에서 남자는 소리칩니다.

그만할래요. 이 기억만은 남겨주세요.

그의 바람과는 상관없이 기억의 삭제는 계속됩니다.
그녀에 대한 기억들이 차례로 무너져내립니다.
소리치고 발버둥쳐도 막을 수 없습니다.

남자는 기억 속의 연인에게 기억을 지킬 수 있는 방법을 묻고,
고민하던 여자는 지울 수 없는 기억에 함께 숨자고 답합니다.

삭제되는 기억 속의 남자와
곧 삭제될 남자의 기억 속 여자는
무너지는 기억들을 피해 함께 도망쳐 숨으려 합니다.

연인과 함께 내면의 깊은 곳까지 내려간 남자는

소심한 성격 탓에 자신의 깊은 속마음을
지금껏 그녀에게 감추고 있었음을 깨닫습니다.

사랑의 한복판에서도 그는 결코
마지막 문을 열지 않았던 것이죠.

동시에 깨닫습니다.
한번 시작된 기억의 삭제는 막을 수도, 돌이킬 수도 없다는 것을.

결국 이 연인은
처음 마음을 나눴던 서점에서, 처음 만났던 해변에서
마지막 인사를 나눕니다.

아, 어쩌면 첫인사일지도 모르죠.

영화를 살펴보면, 기억이 지워진 남자는 무채색으로 표현됩니다.

무채색의 남자는 파란색 터널을 지나
터널보다 더 파란, 몬탁의 바다로 향합니다.

여자를 만났던 공간이죠.

여자를 만나 함께 돌아오는 길

남자의 의자는 파란색, 여자의 의자는 붉은색입니다.

기차에서 남자가 그린 그림에는
온통 흑백의 세상에서

단 하나의 색, 붉은색 옷을 입고 있는 그녀가 있습니다.

저 멀리 차장이 문을 열고 들어오면
남자와 여자의 문도 열리고 둘의 대화가 시작됩니다.

기차 안 둘의 대화 과정은

무채색이던 남자에게

여러 색이 반복적으로 주입되는 과정입니다.

기억이 없는 남자에게 여러 기억이 전해지는 암시입니다.

파란색 머리의 여자는
집 안 곳곳의 소품을 같은 색으로 장식해둡니다.

파란색은 그의 색이죠.
그녀의 머리와 공간을 그가 물들였다는 뜻입니다.

반면 남자의 공간은
여러 색이 아니라 오직 파란 계열의 색에서 채도와 명도만 변합니다.

이는 두 남녀의 감정 표출 방식의 차이, 성격 차이를 드러내는 부분입니다.

또한 감독은 등장인물과 그들의 심리에 따라
카메라 흔들림을 조절합니다.

여자에게 전화할까 고민하는 남자의 화면은
격렬하게 흔들리다 초점이 빗나가기까지 하는데

전화를 걸고 대화를 하면서
흔들리던 카메라는 점점 차분해집니다.

기억을 삭제하는 의사 또한
환자를 대할 때는 그 냉정함처럼 카메라가 안정적이지만,

그 역시 키스를 하고 난 뒤에는
마치 사랑하는 사람처럼 카메라가 흔들립니다.

등장인물은 조명을 피해 어둠 속으로 도망치기도 하고

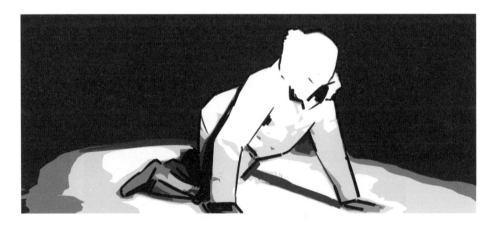

조명을 직접적으로 강하게 받았을 때는
더 이상 감정을 숨기지 못한 채 절규하고 오열합니다.

조명과 카메라는 대사보다
더욱 적나라하게 인물을 표현합니다.

최종적으로 그가 그녀에 대한 기억을
거의 대부분 잃어가면,
그녀가 일하던 서점의 모든 책이
색과 글을 잃게 됩니다.

파란색 책이 색을 잃습니다.

이렇게요.

색과 글을 잃어가는 책들은 그녀에 관한
모든 기억이 소멸함을 뜻하겠죠.

이렇게요.

그렇게 둘이 헤어지는 장면은

덤덤한 대사들과 달리

화면 속 모든 것이 그야말로 한없이 무너져내립니다.

〈이터널 선샤인〉은
기억을 소거하는 방법으로 의미를 찾아가는 영화입니다.

영화는 사랑이 권태로 변해가는 과정에 많은 분량을 할애하고
타오르던 여자가 식어버린 모습을 교차해
때로 냉소적인 시각을 보여주기도 합니다.

미셸 공드리 감독은 〈이터널 선샤인〉에서
사랑에 대해 많은 말을 하지는 않습니다.

그 대신 그답게 보여줄 뿐이죠.

이 장면이 바로 감독이 표현하는 '사랑'입니다.

네, 사랑이란 이런 겁니다.

깨지지 않을 거라 믿는 빙판 위에 누워
있지도 않은 별자리를 함께 바라보는 것이죠.

그렇다면 영화의 제목 〈이터널 선샤인〉은 어떤 의미일까요?

이 제목은 영화 속에서 대사를 통해 등장하는데

기억을 삭제하는 직원 중 하나가
명언집에 실려 있는 시 구절을 인용합니다.

"티 없이 맑은 마음에 비추는 영원한 햇살"이라는
대사였죠.

여기서 중요한 것은 저 대사가 '발췌된 시 구절'이라는 것입니다.

알렉산더 포프의 시 전체가 아니라
명언집에 짤막하게 실린 한 구절.
즉, 삶으로 치자면 순간인 것이죠.

영화의 제목도 마찬가지입니다.
사랑은 권태로 이어졌지만, 사랑의 기억 중에서
행복했던 순간이 발췌된다면 어떨까요?

가장 사랑하고 가장 행복했던 그 짧은 순간이 발췌된다면,

그 짧은 순간이 반복된다면, 실제 영화의
이 엔딩 장면처럼 끝없이 반복된다면,

티 없이 맑은 마음에 깃드는 것이죠.

영원한 햇살이.

BOOGIE MOVIE

당신은
아무것도 모른다.

사람들은 〈부기영화〉가 세상에서 가장 가치 있는 웹툰이라 말한다. 진실은 그렇지 않다. 〈부기영화〉는 세상에서 세 번째로 가치 있는 웹툰에 지나지 않는다. 내가 이 진실을 밝히면 사람들은 손사레를 치며 절대 그렇지 않다고 맞서지만 나의 상세한 설명을 듣고 난 뒤에는 모두가 고개를 끄덕인다. 이제 그 진실을 이 책에 당당히 밝혀 더 이상 오해가 없도록 하겠다. 세상에서 가장 가치 있는 웹툰은 섹스 중에 보는 〈부기영화〉다. 불과 50년 전만 해도 인류는 섹스 중에 볼 만한 책이 〈금병매〉나 〈카마수트라〉, 〈은혜 갚은 두루미〉 정도, 그 외엔 없었다. 그 시절 인류는 하루하루 불행에 몸서리칠 수밖에 없었으리라. 하나 이제는 상황이 다르다. 오늘도 수많은 섹스 광전사들이 〈부기영화〉 단행본을 들고 방이동 먹자 골목에 모여들고 있다. 삼삼오오 동그랗게 기차를 타면서 탐독하는 〈부기영화〉의 참맛은 한번 빠지면 평생 잊을 수 없다고 한다. 나도 빠져보고 싶다. 내가 쓴 글이라도 그렇게 한번 읽어보고 싶다. 나도 강강수월래 한번 돌아보고 싶다. 왜 맨날 빵이 치는 놈 따로 있고 재미보는 놈 따로 있는 걸까. 나도 강강수월래 돌아보고 싶다고 왜 나만 맨날 수건돌리기 술래처럼 원 밖만 빙빙 도는 건데. 하지만, 바로 그것이다. 그것이 바로 세상에서 두 번째로 가치 있는 웹툰이다. 타인의 섹스 중에 보는 〈부기영화〉다. 이리 와서 너도 함께하자는 만류를 뿌리치고 침대 옆 쇼파에 앉아서 보는 〈부기영화〉다. 상상해라. 이 치열한 육욕의 용광로에서 홀로 독야청청 〈부기영화〉를 읽고 있는 자신의 모습을. 그렇다. 범접할 수 없는 품위가 모텔방에 넘쳐 흐를 것이다. 섹스보다 짜릿한 〈부기영화〉. 그룹 섹스보다 아찔한 그룹 독서. 〈부기영화〉 단행본이 없어서 〈부기영화〉를 읽지 못한 자들은 불쌍하게도 할 수 있는 게 고작 섹스뿐일 것이다. 섹스밖에 못 하는 불안한 것들은. 난 하자고 해도 안 한다. 왜냐하면 〈부기영화〉가 있으니까. 자, 그럼 어디 한번 저 불쌍한 것들을 그윽하게 바라봐 볼까? 나의 눈빛에 나의 모든 동정심을 담아서 스윽 쳐다볼까나? 어? 저거 누구야? 넌! 이 새끼 이거 급대가격이네? 너 여기서 뭐 하냐? 여전하구나 너. 몰라보게 여전하다. 너 성공했네. 나? 나 그냥 책 읽어. 이거? 이거 아무것도 아냐. 그냥 만화책이야. 〈부기영화〉라니? 그게 뭔데? 어? 이 책이 〈부기영화〉구나. 난 몰랐어. 그냥 여기 있길래 펼쳐본 거야. 너 친구들이랑 다 같이 여기 온 거야? 난 혼자 왔어. 누가 불렀냐고? 아무도 안 불렀어. 그냥 내가 왔어. 응, 그래. 하던 거 해. 나 신경 안 써도 돼. 지금까지 있는 줄도 몰랐다고? 응, 내가 원래 잘 그래. 어? 콘돔 사다 줘? 다 쓴 거야? 나 지갑에 하나 있는데 이거 쓸래? 옛날에 혹시 몰라서 넣어놨는데 이거 유통기한 없지? 이거 써. 괜찮아. 지갑 얇아져서 좋다 야. 응. 난 계속 책 볼게.

응? 여기까지 다 본 거예요?

어쩌지?
여기까지 봤대.

그럼 환불이
안 된다는 것도 알겠군.

이러다가
다 읽는 거 아냐?

잠깐. 좋은
생각이 났다.

수군

수군

여기까지 읽었다면,
당신도 제정신은 아닌 겁니다.
그렇기에 당신에게 자격이 생긴 것이죠.

〈부기영화〉의 빠꾸 원고를
열람할 자격이.

번
뜩

짬 처리하게?

조용히 해!
이렇게라도 날로
먹어야 한다!!

그런데 이거 괜찮을까?
웹툰용 원고라서.

그게 또 별미야.

흐음··· 설명드리자면 저희가 예전에 에로영화를 리뷰한 적이 있어요.
그런데 성인영화라서 검열에 걸려 빠꾸를 먹고 말았죠.
지금부터 그 원고를 날것으로 보여드릴 텐데,
보시기 전에 몇 가지를 알아주세요.

1 이 원고는 2020년 6월 4일에 만들었다.

2 웹툰 사이즈라서 단행본에 대충 꾸겨 넣었다.

3 출판사는 이 사실을 모른다.

부기영화 의 천가뉴설

그 미래, 지 눈으로 똑똑히 봤구먼유.

영화 스포는 식상해. 이젠 현실마저 스포한다.

'그 미래, 지 눈으로 똑똑히 봤구먼유' 줄여서 그지구먼 시간입니다.

불확실한 미래, 독자분들의 예언 요청이 끊이질 않고 있는데요. 첫 번째 예언 의뢰는 뭐죠?

〈저스티스 리그〉의 스나이더 컷, 과연 성공할 수 있을까? 입니다.

아… 물어보나 마나인 것을…

대체 어떻게 해야 이 영화가 망할 수 있습니까!!?? 이거 망하면! 한나 PD는 평생 독신으로 살겠습니다!!!!

이런 건 좀 묻지 마십쇼. 척 보면 모릅니까?

결혼은 걸지 마!!!!

뿌

쌰

138

크…크큭… 이미 걸어버렸다.
이젠 너도 DC와 한 배를 타는 수밖에 없어.

이렇게 복수를… 이따위로…

참고로 급소가격은 3년째 같이 일하고 있는
한나 PD의 전화번호를 몰랐다고 합니다.

네, 다음 예언 의뢰는 뭐죠?

좀 어려운 문제인데요. 플스 5와
엑스박스 시리즈 X. 누가 이길까요?

아 참 윤 PD, 웹툰 작가가
소득 신고를 깜빡했는데 말야.
원천징수 영수증 좀 보내줘.
오늘이 5월 29일이니까
지금 당장.

급소가격

제길… 5월 마지막 날
저녁 5시 58분에 달라고 하면
뭘 어쩌라는 거야…

스엑스가 이길 수밖에 없습니다.
게임의 미래가 클라우드 기반의
스트리밍 게임으로 넘어가고 있기 때문이죠.

콘솔과 온라인 게임 모두 대격변을 맞을 것입니다.

플스 진영의 독점작을 기대하시는 분도 있겠지만
클라우드−스트리밍 게임의 시대에
독점작은 오히려 족쇄일 뿐입니다.

제작사들은 점차 독점작을 꺼리게 될 것이고
가뜩이나 클라우드에서 MS의 상대가
안 되는 소니는 큰 위기를 맞을 것입니다.

과거의 장점이 새로운 시대의 걸림돌이 되는 것은
이미 닌텐도 64의 사례에서 충분히 증명된 일이죠.

스엑스가 결국 승리할 것입니다.

급소가격: 이거 보세요. 보라니까? 내가 다 맞췄잖아.
맞춘 원고는 빠꾸 먹고 틀린 것만 통과된 거였어! →

누가 이기건 빨리 〈싸이버펑크 2077〉이나 나왔으면 좋겠네요.

나오면 바로 아프다고 휴재하고(비밀) 끝까지 달려보겠습니다.

아! 이 질문도 흥미롭네요. 코로나 사태가 지나간 뒤, 극장은 회복이 가능할까?

코로나 사태로 극장들은 전대미문의 위기를 맞았습니다. 지난 몇 달간 한국 극장가의 성적표를 보면 90% 가량 매출이 줄었거든요.

심할 때는 -94%, 그나마 최근 들어서는 -83% 정도. 아사 직전이에요. 해외도 마찬가지구요.

제 생각에는 회복이 영구적으로 불가능할 것 같습니다.

이미 오래전부터 관객들은 영화를 분류하고 있었습니다.

극장 가서 볼 영화와 집에도 봐도 괜찮은 영화. 가정의 영화 감상 환경이 좋아졌고 영화 유통 창구가 불법이든 합법이든 쉽고 다양해졌기 때문입니다.

거기에 코로나 사태로 스트리밍 서비스가 가정마다 널리 보급됐고, 새로운 시대의 맛을 본 관객들은 앞으로 극장 나들이 더 신중하게 생각할 겁니다.

더 비싼 돈을 주고, 시간에 맞춰, 2시간 동안 타인과 함께 있어야 하는 공간에 간다구요?

물론 극장에 가는 것은 특별한 경험이지만 이전만큼 자주 가지는 않을 거라는 얘깁니다.

몇몇 블록버스터와 S급 배우/감독의 작품, 소수 취향 저격 작품이 아니라면? 즉, 반드시 극장에 가야 하는 근거가 약하다면, 관객은 더 합리적인 선택을 하겠죠.

극장의 미래는 어둡습니다. 대단히.

저기요!

네. 어떤 미래가 궁금하신가요?

독자 4

다른 산업의 미래는 잘도 예측하는데, 〈부기영화〉의 미래는 어떻습니까?

140

말씀 너무 심하신 거 아녜요??

내 미래가 어때서! 날로 먹기 딱 좋은 미랜데!!

그, 그냥 한번 물어본건데···

〈부기영화〉의 미래···라···

오직··· 어둠만이 보이는군요···

무리도 아니지.

〈부기영화〉는 사상 최악의 위기에 처했다.

생기가 없어. 살 맛이 안 나기 때문이겠지.

코로나 때문에 낚시도 못 가고

주식에 전 재산을 몰빵하는 바람에 거리에 나 앉을 판이야.

※ 급소가격: 〈부기영화〉 연재 중 최대 위기였음.

폭력성	잇몸	병점	시행성
화살표에게 쫓길 수 있음	전혀 없음 청정 구역	흉 부 합 법	안전한 놀이터

에로,

놀라지 마세요.
이 영화는…

불륜! ㅋ카카카카카카가가카칵

이럴 시간이 없으니 서둘러 영화를 살펴봅시다.

주인공 동철입니다. 조인우 배우가 열연을 했죠.
부인과 두 자식을 필리핀으로 유학 보낸
기러기 아빠입니다.

기러기 아빠라고 하면 어딘지 모르게
침울한 느낌이 나는데, 동철은
기러기 아빠 생활을 즐기는 타입입니다.

가족들 보내놓고 자기는 한국에 혼자 남아
셰일가스처럼 마르지 않는 정립선으로
온갖 불륜을 저지르는 거죠.

네 발 달린 쏘팔메토입니다.

동철과 친구들은 대학교 동창회를 여는데요.

그 목적은 모종의 만남을 위해서였습니다.
모종의 만남이라는 건 이제 모종을 심는다는 거죠.

그런데 오늘 이 자리에, 졸업하자마자
결혼을 해서 이민을 간 줄 알았던

유진이 참석합니다.

당시 레이싱 모델로 이름을 날린
김유연 배우군요.

선수들 입장했으니 영화는 달려갑니다.
동철과 유진은 둘 다 가정이 있는 몸이었죠.

저돌적으로 들이대는 동철은 기러기 아빠,
철벽처럼 선을 긋는 유진은 남편이
주말에만 찾아오는 주말 부부.

둘의 아찔한 공성전이 시작됩니다.

그러던 중 유진의 시어머니가 찾아옵니다?
필리핀에 있던 동철의 부인도 귀국해 찾아옵니다??

둘은 헤어집니다??

내막은 이렇습니다.
유진은 장거리 주말 부부가 아니었습니다.

그녀의 남편은 바람을 피우다 교통사고로 사망했고
이에 현타가 온 유진은 '그깟 바람, 그게
대체 뭐길래' 하며 동창회에 나간 것이었죠.

시어머니는 홀로 남은 유진에게
반찬을 갖다 주러 온 것입니다.

동철의 사정은 이렇습니다.
동철의 바람기를 부인은 오래전부터 알고 있었죠.

그러나 오랜 타지 생활 중, 부인에게도 다른 남자가 생겼고
이혼 요구를 하기 위해 귀국을 했던 것입니다.

귀국을 한 부인은 혼자 사는 동철의 집을 보고
냉장고에 반찬을 채워 넣습니다.

즉, 이 영화에서 가장 큰 상징은 반찬입니다.

동철이 매일 아침 먹는 컵라면은 무너진 가정을 보여주죠.

반찬은 그 빈칸을 채워주는 위로와 연민입니다.

주인공들에겐 온전한 밥상이 없었습니다.

아내의 진실을 알게 된 동철은 아내가 채워 넣은
김치를 내동댕이치고 오열합니다.

가족사진 위치가 노골적이죠?

스스로 불러온 불륜에 짓눌려 끝내 버림받은 두 주인공은
나름의 구색을 차린 식사를 끝으로, 각자의 길을 갑니다.

초반, 중반, 후반의 세 장면. 햇빛의 방향이
변한 것처럼 삶의 방향도 변했습니다.

불륜은 끝났습니다. 수치심에 햇빛을 가려보지만
이내 포기하고 동철은 걷습니다.

어찌 됐건, 삶은 계속되니까요. 그런데

나는 왜 이 영화를 분석하고 있는 거지?

왜 에로영화를 보면서도 분석을 하고 있느냔 말이야!
—순이: 진정해

에로 영화. 보통 업계에서는 IP 영화라고 해요.

마블처럼 원작 IP가 있는 영화라서
IP 영화라 부르는 게 아니라, 쉽게 말해
IPTV에서 수익을 내는 영화들이기 때문에
그렇게 부릅니다.

에로 영화라는 단어가 통념상 좀 부담스럽잖아요?

물론 저는 별 문제 안 된다고 생각하긴 하는데
업계 특성상 신인 여배우를 끝없이 모집해야 하기 때문에,
이런 단어에 조금 신경을 쓴 게 아닌가 싶어요.

에로 배우 모집 vs IP 영화 배우 모집. 좀 다른가요?

누군가에겐 중요한 문제일 수도 있으니까요.

〈동창회의 목적〉은 IP 영화계의 전설 중 하나예요.

어떻게 들릴지 모르겠지만, IP영화의 작품성을
한 단계 끌어올린 영화로 알려져 있죠.

야한 장면을 시청하기 위해 이 영화를 급히
구입했던 관객들이, 의외의 몰입감과 주제의식에
한동안 바지를 올리지 못했다는 전설이 있어요.

물론 말도 안 되는 과장이지만요.

2010년대 에로영화계에 양대 산맥이 있습니다.
20만 다운로드의 전설 〈젊은 엄마〉와
오늘의 영화 〈동창회의 목적〉이죠.

흥행의 젊은 엄마, 작품성의 동창회.
높이의 동창회, 속도의 젊은 엄마라 할 수 있겠습니다.
마블과 DC 같네요. 한쪽이 둘 다 가졌지만.

〈동창회의 목적〉이 어느 정도의 위상을 갖는지
단적으로 보여주는 예가 있는데요.

보이십니까? 프리퀄 포스터에 여배우 이름보다
감독 이름이 더 크게 박혀 있습니다.

제가 이 영화를 비롯, 몇 편의
에로영화를 보고 느낀 게 있는데요.

'그럭저럭 볼 만하다'와 '경쟁력이 없다'.
상반된 두 가지 생각이 동시에 들었습니다.

일단 1억 미만의 예산과 일주일 남짓한 촬영 기간으로
이 정도 찍어낼 수 있다면, 이 업계에 충분한
노하우가 있다는 생각이 들었구요.

여러 가지 규제 속에서도 어떻게든
관객에게 만족을 주기 위한
끝없는 탐구와 노력이 엿보이기도 합니다.

액션… 장면도 범위… 내에서 어떻게든
스펙터클을 만들어 내고 있어요.

일반적인 장면들은 대충 찍은 티가 나는데,
액션만 시작하면 품질이 확 올라가거든요.
그럭저럭 볼 만합니다.

그러나 반대의 생각도 들었습니다.

콕 집어 말씀드릴 순 없지만, 여러분 모두가 아시다시피
국산 에로영화에는 근본적인 한계가 있습니다.

지금 중장년 아재들은 어릴 때
어른들 몰래 에로비디오를 봤습니다.
지금 아이들은 아닙니다. 에로영화는
시시하다고 생각하고 있어요.

젊은 세대가 국산 에로영화를 외면하는 이유이며
대부분의 소비가 중장년층에게 몰려 있는 이유입니다.

젊은 층에 어필할 요소가 적기 때문에,
반전의 요소가 없다면, 국산 에로영화의
경쟁력은 갈수록 약해질 것입니다.

하나 분명한 것은
규제, 자금, 인력수급 등 모든 상황이 열악함에도
TV 리모컨 어딘가에서 지금도 이 업계가
치열하게 돌아가고 있다는 것입니다.

형편에 쫓겨 돈 때문에 어쩔 수 없이
이쪽 일을 하는 사람도 있겠지만, 에로에 애정을 가지고
프로답게 임하는 사람이 훨씬 많기에 가능한 일이겠죠.

사람도 있고 노하우도 있기에
이 업계는 분명 잠재력이 있습니다.

돈이 들어오거나, 규제가 완화되거나, 스타가 탄생하거나
셋 중에 하나라도 터지는 순간 언제든지
수면 위로 치솟을 수 있는 업계입니다.

그게 좀 어려워서 그렇지.

사실 저는 이번 리뷰의 결론을
정해놓고 영화를 봤습니다.

한국 에로영화가 살아남는 길은
하나뿐이라고 생각하고 있었죠.

그러나 막상 몇 편의 영화를 보고 난 뒤, 제가
이 업계를 과소평가하고 있다는 것을 깨달았습니다.

생각보다 웅장한 세계였고 관객의
남녀 성비도 6:4 정도로 균형이 잡혀 있습니다.

물론 저 중에는 엄마 이름으로 가입된 IPTV에서
여러분이 0000을 누르고 감상한 경우가 많겠지만.

그래서 오늘의 결론은
에로영화 많이 보십시오.

신토불이라고 했습니다!
우리 몸에는 우리 것이 좋은 법이여!

에로영화를 보면 저들에게 수익이 갑니다.
우리가 겪고 있는 딜레마가 한 방에 해결됩니다!

언제까지 유튜브 구독 누르면서 보답할 겁니까?
직접 돈을 쏴주자 이겁니다! 우리 이웃에게!

목적 시리즈는 대체로 중장년 타깃의 영화입니다.

〈젊은 엄마〉 시리즈는 좀 더 젊고 코믹한 요소가 많습니다.

〈사촌 여동생〉은 나름 여성향 작품입니다.

있을 거 다 있어요.

하체 친일파가 될 필요 없이 떳떳하게 구매할 수 있습니다.

합법입니다. 〈부기영화〉의 근본 이념도 합법이죠.

솔직히 아민쨩보단 유지원이지!

이제 그 더러운 폴더를 지우십시오!
고마운 이들에게 수익도 가지 않는
중국 복돌이들의 일제 AV들!

명절날 사촌 책장에 꽂혀 있던,
나루토 외전인 줄 알고 꺼내서 펴봤더니
사스케가 나루토에게 이상한 치도리를 쓰던 그것들!

모두 지우십시오! 국산 에로영화만이 살 길입니다!

합법 국산 에로의 품에 안기십시오!

맹수와 먹잇감이 조화롭게 살아간다면 무슨 일이 생길까요?

네, 맞습니다.

피에 굶주린 포악한 맹수들이 더 이상 불쌍한 먹잇감을 사냥하지 않는다는 뜻이죠.

캬오오오

. . . .

곰은 더 이상 디카프리오의 등짝을 보지 않고 멍멍이는 죽은 존 윅의 복수를 하지 않을 겁니다.

평화롭고 행복한 세상일까요?

다시 한번 생각해봅시다.

맹수가 먹잇감을 사냥하지 않는다는 것은

이 세상에 더 이상 고기가 없다는 뜻입니다.

NOOOOOOOOOOO!!

NOOOOOOOO OOOOOOOOO

이런 젠장! 신이시여! 이건 사상 최악의 디스토피아야!

지 꿈은 끔찍하게 여기면서
부모의 당근 농사는 개무시하는 토끼가

탈세 여우를 협박해 함께 실종된 수달을
찾아 나섰다가 나무늘보한테 개털리고,

인터뷰에서 말실수했다고
두루미가 호리병에 담아준
저녁 식사를 먹은 듯이 삐친 여우를 찾아가

통성기도한 뒤 블루베리로
불쌍한 양의 통수를 치는 영화입니다.

주인공은 주디 홉스. 드디어 이어폰을 제대로 착용한
최초의 토끼입니다. 눈썹도 예쁘게 잘 그렸네요.

눈썹을 잘못 그리면 인상이 개 같아지는데
자연스럽게 잘 그려진 걸로 보아 비싼 집에서 시술한 것 같습니다.

눈썹 시술이 잘돼서 자신감이
지나치게 올라간 걸까요?

주디는 주차 시간이
30초만 지나도 딱지를 끊지만,

자기가 영장도 없이
남의 사유지에 불법 침입할 때는
법 위에 군림하는 무서운
눈썹 괴물이 됩니다.

닉이라는 이름의
여우도 등장합니다.

두루미에게 개털렸는지
인성이 개판입니다.

다만 이 영화에 여우가 출연하면서
그동안 풀리지 않았던 고대의 비밀이
하나 풀리게 되었는데요.

그것은 바로

여우는 어떻게 우는가입니다.

딩딩딩딩 딩그딩그딩

하티하티하티호

공중파에 출연해
소녀시대 앞에서
춤을 추고 있었던 것은
아닐까요?

천재 게이머
윤열의 **댄스**

하지만, 끝까지
진지하게 추는...

수달이가 죽었어!
수달이가!

수달 형은 대체 왜 그랬을까요?
왜 우리에게 이런 시련을 주었을까요?
수치심이 실종된 걸까요?

주디와 닉이 사건을 해결하는 것이 영화의 주요 줄거리입니다.

실종된 수달은 알고 보니 혼이 비정상인 상태로 오래된 병원 건물에 갇혀 있었는데요.

수달이 안 죽었어!!

다만 미쳤어!

수달뿐만 아니라 그동안 실종되었던 동물들이 미쳐버린 상태로 함께 갇혀 있었습니다.

그리고 그 배후에는 동물 실종 사건을 수사하라 지시했던 주토피아의 시장이 있었죠.

국민 여러분! 제 귀에…

도청장치가 들었습니다!

검거된 시장은 영화에서 가장 중요한 내용을 전하는데,

그 말을 씹어버리고 지 할 말만 한 뒤 시장을 경찰차에 태워버리는 주디.

사아악…

내가 하는 말을 듣지 않는군요.

남의 말을 듣지 않는 불도저 같은 추진력으로

주디는 멋진 경찰이 되겠다는 꿈을 이루었으며,

닉은 막장 인생을 청산하고 경찰관의 파트너로 새 삶을 시작할 수 있게 되었습니다.

뒤뚱

나 같은 sheep 비서를 시장이라고 부릅니다

그리고 양 비서는 공석이 된 시장 자리를 맡게 되었죠.

여기까지는 그저 캐릭터가 귀엽고 권선징악에 반전을 섞은 수상하고 평범한 애니메이션이었습니다.

그런데 모든 게 잘 끝났다고 여겨지던 이 지점부터 〈주토피아〉는 굉장해집니다.

제가 아이언맨입니다.

??!!

ZOOVIL WAR

Nick & Judy

말해봐, 너도 피를 흘리나?

사건 종결 기자회견에서 주디는 무의식 속의 편견을 드러냈고,

이는 맹수로 태어나 편견에 시달렸던 닉의 트라우마를 자극하고 마는데요.

공교롭게도 주디 역시 어릴 적 여우에게 당했던 트라우마가 있었기 때문에

의도치 않게 닉에게 상처를 입히고, 닉은 그대로 주디를 떠나게 됩니다.

또한 이 발언으로 인해 주토피아는 서로가 서로를 의심하고 차별과 배척이 횡행하는 주갤토피아가 되고 말았죠.

모두가 입을 모아 현대상선을 추천하길래 전 재산을 몰빵해버렸는데….

죄책감에 갈등하던 주디는
고심 끝에 경찰 배지를 해체하기로 하고

깜짝 놀란 양 사장은 10여 차례
책상을 쾅쾅 내려쳤지만 소용없었죠.

속보!!

시장님께서
책상을 수차례
내려치시며…

그렇게 경찰직을 떠나 다시 부농의 꿈을 안고 영농 후계자로 돌아온 주디.
하나 마음 한구석의 불편함을 덜어낼 수는 없었습니다.

그때 마침 과거에 주디를 괴롭혔던 일진이 빵셔틀을 하고 있는 모습을 보고
내면의 범죄 감각을 되찾은 주디는, 아빠의 소중한 차를 가볍게 훔친 뒤
다리 밑에서 은둔 중이던 닉을 찾아갑니다.

그렇게 다리 밑에서
다시 만난 닉과 주디

너,

이름이
뭐라고 했지?

닉입니다.

너 나하고 일 하나
같이하자.

극적으로 다시 뭉친 닉과 주디.
그들은 양 부시장의 탄압 속에서
진정한 노동환경 회복을
꾀할 수 있을까요?

이렇게 영화는

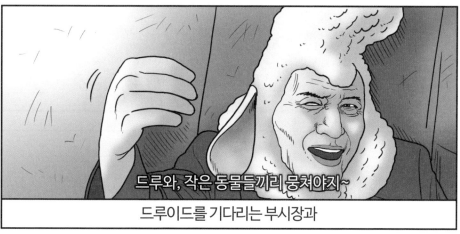

드루와, 작은 동물들끼리 뭉쳐야지~

드루이드를 기다리는 부시장과

거 늘보 형 장난이
심한 거 아니오?

놀랬어? 미안~
쏘리~

러닝타임을 30분이나 늘려놓은 인생이란 생지옥 속에서

함께 담배를 나누며
칼춤을 추던 때가

진정한 주토피아라는
교훈을 남긴 채
막을 내립니다.

BOOGIE MOVIE

그놈은 아무것도 모른다

이럴 줄 알고 나는 콘돔에 구멍을 뚫어 놨다.

날씨가 추워지면
모두가 저마다의 방법으로
겨울을 대비합니다.

따뜻한 국밥 한 그릇.
머리부터 발끝까지 롱 패딩.
황해를 건너온 여자 침구.

우리를 따뜻하게
만들어주는 소중한
녀석들이죠.

그러나 진정한 추위는
육체가 아닌 마음을
시리게 하는 고통.

마음의 추위를
이겨내는 방법은
오직 하나뿐이죠.

보이세요? 온 가족이 따뜻한 원자로에 둘러앉아 오순도순 이야기꽃을 피우는 아름다운 광경.

그렇습니다.

마음의 추위를 이겨내는 방법, 바로 원자로입니다.

핵 분열을 지속적으로 유지하고 집 안 온도에 맞춰 제어할 수 있다면

육체는 물론 마음까지, 더 나아가 유전자에 사무친 한기까지 물리칠 수 있는 것입니다.

그러나 우리 사회에는 아직도 개인용 원자로를 사지 못해 한파에 떠는 불우이웃이 많습니다.

원자로가 없다면 그들은 어떻게 이 추위를 대비하고 있을까요?

슬프게도, 가족입니다.

?

섭씨 2000도가 넘는 원자로 연료봉 대신 고작 36도가 살짝 넘는 가족들의 체온으로, 아무리 빡치게 해도 40도가 넘지 않는 수준의 온기로 이 겨울을 나고 있는 것이죠

원자로 살 돈이 없으니 울며 겨자 먹기로 버티는 수밖에 없습니다.

오늘의 가족들처럼 말이죠.

주인공입니다. 세계관 최강자죠.

물론 토르를 말하는 게
아니라, 토르 목에 붙은
초인종처럼 생긴 저것입니다.

저걸 목에 붙이고 리모컨을 누르면
스랄! 네가 나를 이렇게 만들었다!

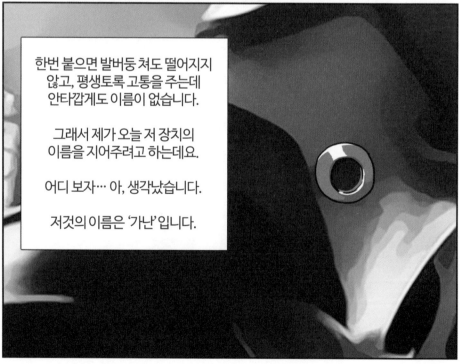

한번 붙으면 발버둥 쳐도 떨어지지
않고, 평생토록 고통을 주는데
안타깝게도 이름이 없습니다.

그래서 제가 오늘 저 장치의
이름을 지어주려고 하는데요.

어디 보자… 아, 생각났습니다.

저것의 이름은 '가난' 입니다.

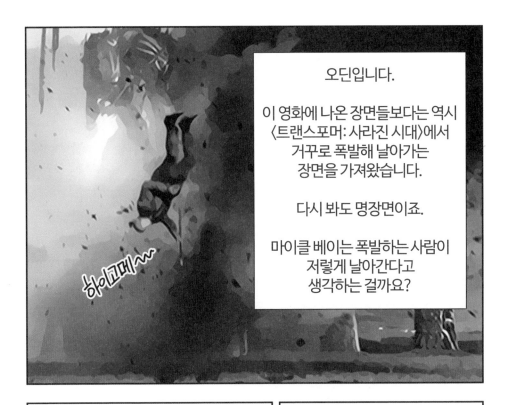

오딘입니다.

이 영화에 나온 장면들보다는 역시
〈트랜스포머: 사라진 시대〉에서
거꾸로 폭발해 날아가는
장면을 가져왔습니다.

다시 봐도 명장면이죠.

마이클 베이는 폭발하는 사람이
저렇게 날아간다고
생각하는 걸까요?

"국민이 있는 곳이 곧
아스가르드"라는 말을 남겼는데,
이거 완전 중국과 차이나타운의
마인드 아닙니까?

토르 영화에서 왜 모든 악당이
오딘을 미워하는지 아시겠죠?

악당들의 국가는
속지주의인데,

오딘과 아스가르드만
속인주의였던 겁니다.

힝! 속인주의! (?)

헬라입니다.

평소에는 김경호 누나인데,
머리를 쏙 넘기면
대게 맛집 입구에 걸린
조형물이 됩니다.

⋯⋯

그러고 보니 대게 철이군요.

지금 영화가 중요한 게 아니라
빨리 포항, 영덕으로 달려가
인생의 진정한 주인공인
대게를 맛보십시오.

아는 분들은 다들 아시겠지만
구룡포가 조금 더 쌉니다.

헬라는 손을 뻗으면 칼이 나가는데,
그 칼로 대게 다리 살을
쏘옥 빼먹어보세요.

참, 헬라가 처음 태어난 곳이
노르웨이라는 거 아시나요?
노르웨이도 대게로 유명하죠.

노르웨이 대게는 러시아 대게에 비해서
덜 짜고 보다 담백한 것이 특징입니다.

1Kg 추가
하시겠어요?

이 밖에도 많은 등장인물이 나오는데요.

아니 내가 천둥의 신인데, 왜 전기 충격에 면역이 아닌 거야?!

도관의 수정탑

메인보드

그의 턱은 염기성

부도나는 노키아

몰카충

하늘섬에 온 고잉 메리호

영화는 이렇게 다양한 인물이
헬라의 아스가르드 침공에 맞서

헬라가 아닌 자신들의 손으로
아스가르드를 파괴하는
이야기를 담고 있습니다.

이 과정에서 사카아르라는 쓰레기별과 그곳에 떨어진 토르가
고군분투하여 동료들을 모아 오는 서브 스토리도 있죠.

인물도 많고 이야기도 많은데, 제가 각본가라면
원고료 더 달라고 했을 겁니다.

다만 이처럼
이야기의 볼륨이 크다 보니,
조립이 헐거워지고 여기저기서
물이 새곤 합니다.

음… 장면 장면은 멋진데,
이야기의 흐름이 급히
꺾이는 부분이랄까.

천 년 넘게 과거로부터 도망치며 술에 빠져 지낸
발키리가 갑자기 '맞아! 나 발키리였어!' 하면서 합류한다든지,

초반부에 멋진 활약과 외형으로 눈길을 확 끌었던 헬라가
이야기가 포화 상태에 이른 후반부에선 잠잠해진다든지,

각성하여 전율을 일으켰던 토르가 고작 5분 만에 대결을 포기하고
라그나로크를 일으키려는 결정을 내리는 점 등등.

축출된 주인공이 강해져서 돌아오는 전통적인 영웅 이야기에
그 행보를 방해하던 인물들이 합류해 동행하게 되고

적과 아군 사이를 자유롭게 오가는 혼돈의 인물과
위기에 처한 고향과 그곳 생존자들의
이야기까지 펼쳐지고 있으니…

영화는 구구절절 사연을 풀기보다는
임팩트 있는 장면들로
이야기를 구성합니다.

그리고 성공적이었죠.

이번 영화 전까지 둘은 상반된 곳에 있었어요.
토르는 왕좌에, 헬라는 지하 감옥에.
영화는 이 둘의 위치를 전복시켜 뒤바꿔놓습니다.

토르는 쓰레기섬에 추락해 검투사 처지가 되었고
헬라는 아스가르드로 돌아와 천장을 부수죠.

결말에 가면 두 인물은 또 한 번 대비되는데
헬라는 구시대의 국가와 함께 소멸하고
토르는 국민들과 함께 아스가르드를 탈출합니다.

역시 두 인물에게 잘 어울리는 결말인데요.

왕좌로 돌아와
지배하고자 했던 헬라는
지배하려던 국가와 함께
소멸해버리고

왕 위에서 군림하고 있던 토르는
위가 아닌 앞에서, 왕이 아닌
리더가 됩니다.

그래서 엔딩이 이래요.
〈토르〉 1편이나 2편을 보면 아스가르드의 왕은
항상 높은 곳에 있었어요.

이제는 앞에 있네요. 그죠?

캡틴이나 아이언맨에 비해
지금까지 토르는 영화 편수에 비해
그리 좋은 대접을 받지 못했습니다.

1편과 2편 영화들의 완성도에 아쉬움이 많았고,
신화에서 튀어나온 영웅을 어떤 식으로 묘사할지
제대로 영점이 잡히지 않은 것 같은 모습이었죠.

그러나 이제, 토르는 첫 등장 이후 무려 다섯 편 만에
진정한 천둥의 신이 되었고, 신화적 영웅에 어울리는
고난을 적립하게 되었으며,

아스가르드가 파괴되는 모습을 볼 때는
옆에서 누가 농담을 해도 감정을 잃지 않는,
진정한 왕이 되었죠.

이제 비로소 이 영화가
가능해졌습니다.

헐크는 변신을 못 하게 되니까 그제야
호크아이 어딨냐고 물어보고

가슴 두 번 찔린 비젼한테는 빨리 도망치라고 역정을 내고

배에 한 번 찔린 아이언맨은 모두가 걱정하며 타임스톤을 바치고

다들 한 번씩 죽는데 비젼규직만 두 번 죽는

냉혹한 쓰레기들의 영화입니다.

〈어벤져스〉 시리즈의 세 번째 영화입니다. 하도 많아서 이젠 뭐가 뭔지도 모르겠군요.

거미, 개미, 과부, 나무, 오소리 등등… 대체 무슨 영화를 만들고 있는 겁니까?

아무튼 이번 영화는 우주 헬창 타노스에게 맞서는 어벤져스가 처참하게 지는 이야기를 담고 있는데요.

사랑해요. 연X가 중계.

진다? 그게 뭐죠? 찐따는 많이 들어봤는데. 시프트키가 없나?

흐음… 그리고… 치명적인 문제가 조금 있네요.

샤론 카터 어디 갔습니까? 영화가 지켜야 할 최소한의 기본,

향기로운 샤론의 꽃보다 더 아름다운 카터님 어디 갔냐구요!?

샤론 카터가 없는데 무슨 어벤져스입니까?

그건 그냥 금치산자들입니다.

레이첼 맥아담스님도 안 나옵니다?
이 전쟁을 끝낼 레이첼 가문의 맥아더,
조계종의 숨은 실세 맥아담 스님은 대체 어디 갔죠?

타노스? 그게 뭐요? 맥아담 스님이 입을 쩍 벌리고 깔깔 웃으시면,
타노스가 문제가 아니라 간 이식도 급여화가 됩니다.

혹시 자기 입에 들어가 계신 건 아닐까요?

이처럼 마블 영화의 두 주인공은 이번 영화에 출연하지 않았습니다.
차라리 타노스를 빼고 이분들을 넣는 게 좋지 않았을까요?

캡틴이랑 아이언맨은 지들이 뭔데 자꾸 나옵니까?
정말 한 치 두 치 세 치 빡치네요.

이 둘이 없는데 등장인물
소개가 무슨 의미가 있을까요?
게다가 등장인물이 스무 명이 넘습니다.
그래서 제가 묘안을 하나
내려고 하는데요.

추첨을 통해 세 분만
소개하도록 하겠습니다.
공정하죠?

왱알왱알대지 마십시오.
원래 인생은 도박입니다.
목숨은 윤회하면 되지만 777은
한 번뿐이라는 거, 다들 아시죠?

제 주머니에 이름이 적힌
쪽지가 들어 있습니다.
이제 꺼낼 건데…
자, 행운의 주인공은
과연 누구일까요?

어디 보자… 역시 이분이군요.
이번 영화에서 가장 큰
활약을 하신 분입니다.

바로 가모라입니다.
오른쪽으로 가라고 했는데 왼쪽으로 갔죠?
온 우주에서 오직 대한민국 예비군만이 할 수 있는 행동입니다.

자꾸 뭐를 걸으라고 하던데, 도박 중독이 의심됩니다.
그런데 자기는 속 편하게 지 목숨을 걸고
남에게는 치사하게도 엄마를 걸라고 하네요?
완전 양아치 아닙니까?

"니 엄마를 걸고 약속해."
"내 목숨을 걸고 (말하는데) 소울스톤이 어딨는지 몰라!"

바로 캡틴 아메리카입니다.
지하철 뒤에서 멋지게 등장하던데
결국 지하철 타고 온 건가요?

그런데 저 꼬락서니가 대체 뭡니까?
마블 10주년 영화에 출연하는데 면도도 안 하고 왔네요.
CG로 수염을 지워주기라도 할 줄 알았나요?
세상에 그렇게 자상한 영화사가 어딨습니까?

그리고 마지막으로 소개해드릴 분은…
아, 운명처럼 나왔네요.
역시 이분이 빠져서는 안 되겠죠?

달입니다.

이 영화의 가장 큰
피해자인 동시에
수혜자이기도 하죠.

어느 날 갑자기
각질이 막 뜯어지더니
어디론가 날아갔습니다.

그런데 임플란트
몇 개가 같이
날아갔어요!

이 밖에도 많은 등장인물이 나오는데요.

베르단디

띠부띠부씰만 빼고 버려진 빵

몰카범	디아블로 3

"잠드세요…."

기독교	힌두교	정필교

빌딩 사는 흑인들이
나를 움막에 가둬놓고 밭일을 시킨 뒤
화이트울프는 충분히 쉬었다고 말한다.

아빠 죽인 스타로드를
용서하지 못하는 사람

시작할까요?
그 전에, 마블 스튜디오의
10주년을 축하합니다.
10년 동안 해먹다니 부럽고
존경스럽습니다.

첫 영화 나올 때
초등학교 들어갔던 아이가
이제는 부모 가슴에
못을 박는 나이가
되었을 시간이니까요.

※ 부기영화 '인피니티 워' 편
연재 시기 – 2018년 5월

〈어벤져스: 인피니티 워〉는
마블 스튜디오 10주년을 기념하는 대규모 사건입니다.
외형 면에서 기존의 마블 영웅들이 총출동하고
내용 면에서 지난 10년간 쌓아온 탑을 와르르 무너뜨렸죠.

집대성과 파괴.

잘 모아서

잘 허물었다
이 말입니다.

비트코인
풀 매수

'잘 모은' 이야기를 먼저 합시다.

감독은 여러 등장인물이 각자의 영화에서 선보였던 연출상의 특징들을 그대로 재현했습니다.

'느린 듯 느리지 않은 스타로드의 비행 장면'

〈가디언즈 오브 갤럭시〉에서 스타로드 비행 장면이 주는 독특한 속도감도 재현했고

XYZ 축을 자유자재로 뒤집는 〈닥터 스트레인지〉의 공간 연출도

그의 장면에서 고스란히 재현됩니다. 헐크가 무지개다리를 타고 지구로 떨어질 때도 뉴욕이 뒤집혀 있다가 서서히 돌아가죠?

헐크가 떨어지는 곳이 닥터 스트레인지의 공간이라는 뜻입니다.

화면 가장자리에서 침투해오는
스파이더맨 특유의 액션과

영화 초반, 닥터가
우주선에 끌려갈 때
닥터와 가로등 사이에서
양쪽을 붙잡는
시그니처 장면도 있고

나선형으로 벌어지는
아이언맨의 공중 추격과

방패로 버티는 캡틴의 방어,
바닥을 미끄러지며 상대를
교란하는 블랙 위도우의 액션 등등

연출 측면에서도
각 인물의 특징과
대표 동작들을
잘 모았습니다.

연출과 볼거리 측면에서 잘 모았다면
내용 면에서는 잘 무너뜨렸습니다.
어벤져스가 타노스에게
무참히 패배한 것이죠.

마블 영화 역사상
가장 강력한 악역 타노스.
그는 어떤 인물일까요?

타노스는 균형의 수호자입니다.
우주 인구의 절반을 줄여 우주의 지속성을 확보하려고 하죠.

일정하게 증가하는 식량에 비해
식량을 처먹는 인구는 기하급수적으로 증가하기 때문에
인구 제한이 불가피하다는 것입니다.

이러한 이론을 '맬서시아니즘
(Malthusianism)'이라고 합니다.

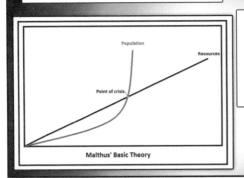

맬서스라는 학자가 발표한 이론인데
언뜻 들으면 타당한 것 같지만
사실 지난 100년간 꾸준히 그리고
오지게 털려온 이론입니다.

그런데 이 맬서스 이론이 20세기 후반에 또 한 번 관짝을 깨고 부활합니다.

미천한 중생들아. 자원이 어찌 식량만 있겠느냐? 환경 자체가 자원이다.

로마 클럽

성장의 한계

환경문제가 대두되면서 식량의 가격이 오르고

출산율이 낮아졌지만 평균 수명이 크게 늘면서 지구 인구가 70억을 돌파했기 때문이죠.

+ 7,000,000,000

맬서스 이론은 자원과 인구, 한계와 성장에 대한 간단한 이론이며 경제학 역사상 가장 강력한 패러다임 중 하나입니다.

사람들이 인류의 위기를 느낄 때마다 새롭게 수정되어 끝없이 나타날 동반자 같은 이론이죠.

이번에는 '타노스'의 탈을 쓰고 나타난 셈입니다.

타노스 행동에는 보편적으로 납득 가능한 근거가 있습니다. 말씀드린 맬서스 이론을 핵심에 두고 있지만, 넓게는 공리주의라고 봐도 무방하겠죠.

기계적인 균형의 수호자에게 가장 잘 어울리는 근거입니다.

그렇다면 이런 타노스에 대항하는 어벤져스는 어떤 근거를 갖고 있을까요?

"우리는 생명을 거래하지 않아."

이 대사는 영화에서 두 번 반복됩니다. 어벤져스를 이끄는 캡틴의 입에서 한 번, 소울스톤을 지키고 있는 비젼의 입에서 한 번. 아주 중요한 대사라는 뜻이겠죠.

생명을 거래하지 않는다. 생명을 거래 수단으로 삼지 않는다.

그렇습니다. 공리주의 타노스에 대항하는 칸트주의 어벤져스입니다.

199

영화는 타노스와 어벤져스,
두 세력의 균형을 위해 많은 노력을 기울입니다.

어벤져스에게는 인본주의와 동료, 그리고 가족이 있으며
지난 10년 동안 각각의 캐릭터에 쌓여온 누적 마일리지가 있습니다.

문제는 타노스가 그간 찔끔찔끔 자주 나오기는 했지만
그의 내면이나 행동을 깊게 다룬 적은 없다는 점입니다.

감독은 타노스에게 '공리주의'를 던져주는 데서 끝내지 않고
그의 사명과 신념에 무게를 싣는 데 주력합니다.

"인간은 병균이야." (《고질라: 킹 오브 몬스터》 중에서)

중2병에 물들어 관객을 실소케 하는 가짜 공리주의자가 아니라

-그의 고향이 공리주의를 따르지 않아
파멸했다는 설정으로 추가된 '후회'.

-가모라의 고향 행성에서 절반을 줄였더니
풍요로워졌다는 설정으로 추가된 '믿음'.

-두 가지 상반된 설정에서 생겨난 신념이
'사랑하는 딸을 던져버릴' 만큼 굳건하다는 묘사.

이 세 가지 요소를 통해 최강의
진짜 공리주의자로 만들어놓습니다.

이것이 타노스라는 인물의 설계도예요. 단순히 설정에만 그친 게 아니라 그 설정이 탄탄하게 인물을 구축하고 있죠.

그렇다면 지금부터는 타노스가 어떻게 어벤져스를 조졌는지를 알아볼까요?

감독은 타노스에 대항하는 어벤져스를, 두 그룹으로 나눠 각각 다른 공간에 배치합니다.

타이탄 행성의 아이언맨 그룹과

지구 와칸다에 있는 캡틴 그룹인데요.

타이탄 행성에는 아이언맨,
닥터, 스타로드 등등이 있어요.

모두 묘수를 잘 내는 꾀돌이들이에요.
이들은 어벤져스의 작전본부.
즉, 이성이에요.

지구 와칸다에는 캡틴,
스칼렛 위치, 토르 등등이 있어요.

이들은 친구를 위해, 연인을 위해,
복수의 운명을 위해 싸우고 있어요.

이들은 어벤져스의 행동 근거.
즉, 신념이에요.

타이탄에서는 스타로드가 이성을 잃어서,
와칸다에서는 타노스의 신념이 더 강해서,

어벤져스는 패배하고 타노스는 승리합니다.

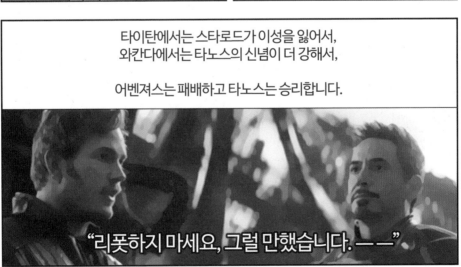

"리폿하지 마세요, 그럴 만했습니다. ——"

결말에 여운을 남기는
세 명의 아버지 역할 인물들을
발견할 수 있습니다.

타노스, 로켓, 그리고
아이언맨이죠.

셋 모두 친아버지가 아니라
대체적 관계라는 것이
재밌습니다.

로켓의 가장 친한 친구는
추락하는 우주선에서 모두를 보호한 채 죽었습니다.

그 친구가 남긴 아이는
이제 반항기에 접어들어 게임에 정신을 팔고 못된 말을 쓰죠.

도끼를 만들다 기절한 토르를 본 그루트는
이제야 게임기를 내려놓고 성인이 됩니다.

그 아이가, 로켓의 눈앞에서 가루가 되어 사라집니다.

토니 스타크는 아이의 꿈과 소변,
벽장 속 괴물에 대해 말합니다.
대표적인 유년기 정서 불안의
상징들이죠.

지금껏 토니는 꾸준히
불안에 시달려왔습니다.

그 불안 속에서 토니를 유일하게
잡아준 것은 약혼녀뿐이었죠.

토니는 약혼녀와 함께 행복을 꿈꾸지만
타노스 사태가 발생하고 지구를 떠나면서
자신의 버팀목인 약혼녀와 프라이데이,

모두와 통신이 두절됩니다.

이제 토니에게는 아무도 없습니다.
이상하리만치 자신을 따르는
천방지축 10대를 빼면 말이죠.

아버지가 아들을 인정하듯이
토니는 피터를 어벤져스로 인정합니다.

그 아이가, 토니의 품안에서
가루가 되어 사라집니다.

어벤져스가 지키고자 했던 것은 모두 무너졌습니다.
친구, 동료, 가족, 연인과 국왕. 신념과 가치, 복수와 운명은
한 차원 위의 힘 앞에서 무릎을 꿇었습니다.

"오마니…."

멋진 악당, 멋진 구성, 멋진 결말입니다.
타노스는 신체적, 정신적으로 강력했고
CG 캐릭터임에도 복잡한 감정이 잘 전달됐습니다.

수십 명의 영웅은
적재적소로 흩어지고
역할이 축소되었으나
무시되진 않았습니다.

그간 어떤 위기에서도 흔들리지 않았던 캡틴이
만신창이가 된 상태로 결국 신을 찾는 모습은
이 비극에 가장 훌륭한 마침표를 찍었습니다.

좋긴 한데 뭐
아쉬운 점은 없을까?

글쎄 딱히…

아이언맨 나노 슈트
별로지 않아?

아! 별로 마음에 들지는 않는데, 나노 슈트가
아니었으면 아이언맨의 항전이
그렇게 긴장되고 처절하지 않았을 거야.

아! 와칸다!!
닥돌이랑 이상한 망토!

그래 맞아. 아오!!!
그게 뭐냐고.

그리고… 그거 있잖아…

또 뭐?

'그 장면'이 나왔잖아…

마블 시네마틱 유니버스의 22번째 영화,
〈어벤져스: 엔드게임〉입니다.
22번째 영화라니 정말 대단하죠?

하지만 그보다 대단한 건
2권이 나온 〈부기영화〉
아닐까요?

마블 영화 22편 만들기 vs 〈부기영화〉 2권 만들기

케빈
파이기

바들

바들

바들

봐줬다. 비긴 걸로
하겠습니다.

바쁘니까 주인공 소개부터 하겠습니다.
주인공은 바로 도우 누나입니다.

옛날에는 캡틴이랑 썸 타고 헐크랑도 썸 타고 그랬는데
나이 먹으니까 이제 다 부질없는 짓이 되었죠.

배고파서 샌드위치 만들었는데,
먹으려고 하니까 캡틴이 찾아오고
나중에 먹으려고 쟁여놨더니 개미새끼가 날름 훔쳐 먹습니다.
먹을 복조차도 없네요.

썸이란 게 딱 이렇습니다.
샌드위치를 만들었으면 그 자리에서 해치웠어야죠.
각 잰다고 타이밍 보다간 방해꾼이 나타나거나 다른 놈이 날름 채갑니다.

썸은 결국 아무것도 아닌 것이죠. 그냥 혼자만의 망상입니다.
저 샌드위치, 내 입에 넣고 꼭꼭 씹어 소화시키기 전에는 내 것이 아닙니다.

썸은 많이 타는데 연애를 못 한다?
그냥 못 하는 겁니다.
연애 많이 하는 사람들은 썸이 뭔지도 몰라요.
머리는 좋은데 노력을 안 한다면
그냥 머리 나쁜 겁니다.

비쳔규직입니다.
한번 죽은 블랙 위도우는 이름 수십 번 나오고
한번 죽은 아이언맨은 장례식도 해주는데
지난 영화에서 두 번이나 뒈진 비쳔규직은 이름 딱 한 번 나오고 땡입니다.

비쳔규직은 사람도 아닙니까?
물론 아니긴 한데 그래도 부검 정도는 해줄 수 있잖아요?

제 생각엔, 모두가 비쳔의 이름을 잊어버렸거나 아니면
워 머신 눈치를 보느라 언급을 꺼리는 것 같습니다.

워 머신은 빡 돌면 과거로 돌아가 어린아이를 목 졸라 죽이는 바바 야니까요.

그런데 지난 영화에서 죽은
비쳔의 시체는 어떻게 했을까요?
벽에 기대놓고 초인종만 달면
아직 쓸 만할 것 같은데.

사실 저는 짐작 가는 것이
있습니다.

앨버트 복숭아입니다.
영화에는 나오지 않았지만 맛있어서 넣었어요.
보통의 일반 복숭아와는 비교하지 마십시오.
당도 끝판왕, 이것은 가히 지구 최고의 당도라고 할 만합니다.

해마다 9월이 되면 바다의 왕자와 과일의 왕자가 맞붙는 거 다들 아시죠?
바로 바다 대표 대하와 과일 대표 앨버트 복숭아입니다.

앨버트 복숭아를 먹어보지 않은 사람은
"뭐? 감히 복숭아 따위가 대하와 붙는다고?" 하실지 모르겠지만,
드셔보신 분들은 다들 아시죠. 이 승부에서 도전자는
앨버트 복숭아가 아니라 대하라는 것을.

이 밖에도 수많은
등장인물이 나오는데,
몇몇만 알아볼까요?

남편 등짝을 때리기 위해
슈퍼 솔져보다 빨리 뛰어나온 와이프

타노스의 팔을 붙잡을 수
있는 척하는 워 머신

"내가 죽었어야 했는데…."

누구도 반박해주지 않았다.

"채소 좀 많이 먹어."

고기 뷔페 사장님

"5년? 5시간이었는데요?"

와우저

아라리요 평창 동영상을 보는 효린

스포티지

"딸의 검색 기록을 봐야겠어."

타노스

비젼이 비브라늄이었다는
증거

시작하기 전에, 일단
아쉬운 점들부터 짚어봅시다.
세 가지 정도 있는데요.

일단 첫 번째는…

핫도그에 마요네즈를 넣지 않는
미국의 비참한 식생활입니다.

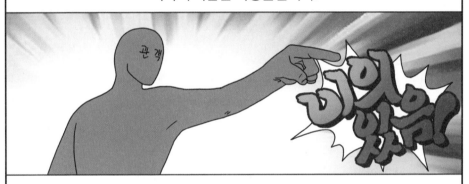

관객

"누가 핫도그에 마요네즈를 넣느냐"는 영화 초반의 충격적인 대사로 인해
몇몇 관객이 자리에서 일어나 항의하기도 했는데요.

마요네즈는 어디에 넣어도 무조건 맛있습니다.
밴드로 치면 베이스 같은 존재죠.
베이스랑 다른 점이 있다면 마요네즈는
여친을 사귈 수 있다는 것뿐입니다.

두 번째는, 영화가 너무 길어요.
요로계 질환을 가진 고양이는
보지 말라는 건가요?

이 정도 상영 시간이면
입장할 때 쏘팔메토 하나씩
나눠줘야죠.

그보다 심각한 문제는
바로 세 번째죠.

어디 보자 세 번째 문제가…
이 대사군요.
"시간 여행이 〈백 투 더 퓨처〉인 줄
알아?"

〈백 투 더 퓨처〉는
틀리지 않았어.
〈백 투 더 퓨처〉는
무조건 옳아.

그리고 하나 더,
〈터미네이터〉도
무조건 옳지.

내가 과거로 가서
우리 부모님 결혼을 방해하면,
지금 내 주머니에 있는
가족사진에서 내가
점점 사라지는 거라고!

영화를 대략 4막으로 나눠보겠습니다.
타노스 사건 이후의 세계를 보여주는 1막,
어벤져스가 시간 강탈로 스톤을 수집하는 2막,
타노스 일당과의 최종 결전이 벌어지는 3막,
후일담의 4막. 이렇게요.

〈인피니티 워〉 이후의 시간을
조망하는 1막부터 볼까요?

1막의 역할은 열정적으로 입장한
관객들을 차분히 진정시키고
귀농한 타노스를 쫓아가 죽여,
영화를 허탈하게 만드는 것입니다.

거기에 막타로 '5년 후'라는
자막을 넣어 효과를 배가시키죠.
땅을 평평하게 다진 뒤
다시 시작하는 거예요.

패배감과 허탈함, 예상치 못한
5년의 시간까지.
이 잔잔한 초반부에서
감독이 노리는 것은

가장 중요한 게 무엇인지
되새기는 것이었어요.
타노스에 대한 복수보다,
잃었던 사람들을
되찾는 것이라는 거죠.

2막은 팬 서비스 드라마의 향연입니다.
감동적인 재회가 연달아 나와요.

엄마를 만난 토르,
언니를 만난 네뷸라,
아빠를 만난 토니,
페기 카터를 훔쳐보는
캡… 응?

예전에 샤론 카터랑
키스하지 않았어요?
이런 놈이…
구관이 명관이라는 건가?

고모랑 한 방… 조카랑 한 방…
가족 질서를 위협하는
욕정의 노예…

찬물을 뒤집어쓰는 1막과 팬 서비스의 2막을 지나면
역사에 남을 만한 3막이 기다리고 있습니다.
드디어, 그 대사가 나오는군요.

두둥

마블 뽕의 최대치를 보여주는 3막을 조금 더 봅시다.

전체적으로 잘 구현된 폐허의 색감에서

아이언맨, 토르, 캡틴 3인방이 타노스를 내려다보는 구도를 지나

타노스의 거대 병력이 홀로 남은 캡틴에게
쏟아져 내려오는 장면은 3막의 백미입니다.

전투의 형세와 흐름이
쉽고 흥미롭게 구성되어 있죠.
특히 구름에 가려진 해와 비춰오는 여명이
주인공들의 결의와 비장함을
잘 표현해주고 있습니다.

팀업 무비답게 슈퍼히어로들의 장면들도
각각의 특색에 맞게 잘 꾸며졌습니다.

솔직히 말하면 감독의 역량이
잘 드러난 장면들인데요.

앤트맨의 펀치는
그의 단독 영화보다
훨씬 크고 거대해 보이고,

블랙 팬서의 몸놀림은
그의 단독 영화보다
훨씬 민첩해 보이고,

캡틴 마블의 비행 궤적은
그녀의 단독 영화보다
더 유려하고 세련됐습니다.

즉, 이야기 측면뿐만 아니라
장면 연출에서도 감독 루소 형제는
큰 강점을 갖고 있다는 것이죠.

대규모 전투에서 인물들이
장기자랑을 끝내고 나면,
이 3막도 대충 마무리가 됩니다.

저희가 〈인피니티 워〉 편에서
'아버지 이야기'를 꺼냈었는데
이번 영화에서 그 마침표가
어떻게 찍혔을까요?

토니 스타크는 좋은, 그리고 행복한 아버지가 됐습니다.

페퍼에게 〈에이지 오브 울트론〉에서
언급했던 농장도 선물하고
딸에게 사랑한다는 말까지 들었으니까요.

그러나 5년 전 잃은, 아들 같은 녀석을
잊지 못해 시간 강탈에 참여합니다.
그리고 시간 강탈 작전에서 아버지를 만나는데요.
아버지에게 육아 꿀팁을 얻은 것은 물론 고맙다는 인사도
무사히 건넬 수 있었습니다.

토니 스타크는
딸을 지키고 아들을 살려낸 것도 모자라

아버지에게 진심을 표현한
아주 좋은 가족이 되었습니다.

그 반대편에서 타노스는
이쪽 세계와 저쪽 세계에서 각각 한 명씩,
두 딸을 모두 죽음에 이르게 했습니다.

딸을 절벽에 집어 던지고
충성심을 증명하라 명령하는 동안
토니 스타크는 딸과 포옹하고 아들과
다시 만나 포옹하고 아버지와도 포옹했죠.

가족을 살려내고 지키려던 사람이
가족을 강압적으로 희생시킨 사람을 물리쳤습니다.

타노스는 모든 것을 잃고 홀로 죽었지만
토니 스타크는 홀로 죽은 뒤 모두를 얻습니다.

이기주의자 무기상에서 구원자가 된 토니 스타크는
그에게 가장 잘 어울리는 마침표를 얻었습니다.

더 나아가, 캡틴 아메리카의 마침표도 훌륭하게 찍혔습니다.

그는 시간의 피해자입니다.
잠든 동안 시간이 혼자서 70년이나
달아나 버렸으니까요.

브루클린의 약골, 실험실의 쥐, 춤추는 원숭이, 냉동 인간,
70년의 피해자였던 스티브 로저스는
비로소 시간이라는 운명의 적에게
멋지게 복수합니다.

군인이 아닌 인간으로,
승리가 아닌 행복으로,
임무가 아닌 약속으로.

스티브 로저스는 완벽하게
전역했습니다.

토르는 신화 속의 영웅입니다.
그걸 증명할 수 있는 것은
신화적 배경인 아스가르드나
신화적 무기인 묠니르가 아니라
그에게 주어지는 신화적인 시련이었죠.

그의 개인 영화 두 편은 큰 호응을 얻지 못했지만
영화가 거듭될수록, 동시에 시련이 깊어질수록
그의 내면도 깊어졌습니다.

그의 세 번째 영화에서, 또 〈인피니티 워〉에서
그는 부모, 동료, 고향, 무기,
절반의 국민들과 절반의 눈,
그리고 동생마저 잃었습니다.

더 이상 잃을 것이 없는 토르가 눈물을 보이며 좌절했을 때
드디어 토르는 신화적 시련 속에서 신화적으로 일어섭니다.

토르 신화의 마지막 페이지는 여정이었습니다.
신화 속 영웅이 얻을 수 있는 최고의 결말이죠.

신화에서 수레는 짐이자 신분, 또한 운명입니다.
토르의 수레는 임무를 충실히 다했기에
이제 토르 오딘슨은 수레를 내려놓고
신화를 떠나 오페라로 나아갑니다.

북유럽 신화에서 스페이스 오페라로.

정리하자면 이 영화는 대단합니다. 눌러 담은 초반, 조립하는 중반, 폭발하는 후반까지.

1980년대 제리 브룩하이머가 일으킨 할리우드 기획영화 시스템의 최종 산물이라 해도 과언이 아니고, 2010년대의 가장 성공적인 상품이라고도 할 수 있겠습니다.

다만 일말의 아쉬움이라면

누군가를 지키거나 혹은 대의를 위한 방어가 아닌, 그야말로 기분파 살인마가 된 호크아이의 부조리,

〈에이지 오브 울트론〉부터 계속 미뤄지는 헐크의 서사를 꼽을 수 있겠습니다.

호크아이의 경우 후속작에서 충분히 드라마를 마무리 지을 수 있겠지만, 헐크의 경우 완전한 변두리 캐릭터가 된 것 같아 아쉽습니다.

이번 영화의 타노스 함선 대규모 폭격 장면에서 캡틴 마블 혼자서 함선을 다 부수던데, 헐크랑 같이 하면 좋지 않았을까요? 저거 완전 헐크 소환하려고 만든 장면인 줄 알았는데요. 아무튼 헐크는, 규모의 액션은 앤트맨에게 뺏기고 하이라이트는 캡틴 마블에게 빼앗겼습니다.

〈인피니티 워〉부터 아쉬움을 남겼던 대규모 전투 장면도 그다지 좋아지지 않았습니다.

'어셈블' 하면서 쾅 부딪치는데, 이후에는 그냥 포토제닉 타임이거든요. 뽕을 걷어내면 실체는 생각보다 앙상했습니다.

뽕을 걷어내면 실체는 앙상하다고?

응.

그러나 반대로 그만큼 뽕이 중요한 거 아냐?

그것도 맞아.

그리고 시간이 조금 지난 현재, 이 영화 최악의 문제가 발견됐는데요. 이제 마블 영화에 대한 흥미가 반토막 났다는 것입니다.

흠⋯ 〈왓 이프〉⋯ 〈호크아이〉⋯ 〈완다비전〉⋯ 딱히 땡기는 게⋯

그 이유는 아마도
〈엔드 게임〉의 포만감이 몇 년이 지난
지금까지도 남아 있다는 것이겠죠.

시간이 지나 생각해보면 이 영화는
인피니티 사가의 최종 장임과 동시에
하나의 거대 사건이었습니다.

나는 〈반지의 제왕〉을
실시간으로 다 봤어.

나는 〈해리 포터〉 시리즈를
실시간으로 다 봤어.

이와 같은 자랑을
마블 인피니티 사가에도
쓸 수 있을 겁니다.

거대한 시리즈의 길고 길었던 시대를
아주 잘 마무리한 작품,
〈어벤져스: 엔드 게임〉이었습니다.

BOOGIE MOVIE

〈부기영화〉는
아무것도 모른다.

오늘 나는 참 재밌는 책을 읽었다. 〈부기영화〉라고 만화 형식으로 영화 리뷰를 하는 책이었다. 그런데 보다 보니 만화 같기도 하고 그냥 아무 그림이나 그려놓고 지 하고 싶은 말 씨부리는 이상한 책 같기도 하다. 그러나 나는 이 책을 내 주변 사람들에게 추천하고 싶다. 한발 더 나아가, 강매를 할 계획이다. 주변 지인들의 뚝배기를 인질 삼아 이 섹스 책을 억지로 사게 만들고 싶다. 이렇게 좋은 섹스 책을 나만 볼 수는 없다. 나만 당할 순 없다. 일단 책 평점을 만점 준 뒤 다른 사람들도 이 책을 사는 것을 보면서 밤마다 섹스 쾌감을 느끼고 싶다. 태교 선물로 안성맞춤인 〈부기영화〉. 스승의 날에도, 어버이날에도, 농업인의 날에도 선물용으로 제격인 〈부기영화〉. 혼수로도 각광받는 〈부기영화〉. 혼수하다 혼수 상태가 온다는 〈부기영화〉. 사돈께도 육십권 정도 보내야 드려야겠다. 상견례 자리에서 보니 음식을 짭짭거리면서 드시던데, 〈부기영화〉를 선물해 드리면 대충 무슨 뜻인지 아시겠지. 다시는 내 앞에서 음식을 더럽게 드시지 못할 것이다. 음식을 짭짭거리며 먹는 사람, 독서실에서 하루 종일 섹스 다리를 떠는 사람에게 〈부기영화〉를 선물하자. 참고로 나는 느낌있는책이라는 출판사에서 당뇨 관련 서적을 샀는데 이 책이 왔다. 색다른 당뇨 책이네? 하고 〈부기영화〉를 읽는 순간, 당뇨가 얼티밋 당뇨가 됐다. 다시는 이 출판사에서 나온 책을 사지 않겠다. 그런데 왜일까? 세상에서 가장 가치 있는 웹툰이 섹스 중에 보는 〈부기영화〉라는 대목이 자꾸만 눈앞에 아른거린다. 나는 치솟는 혈당을 부여잡고 섹스를 어떻게 하면 할 수 있는지 검색해보았는데 회사 전산팀에서 이상한 거 보지 말라고 전화가 왔다. 나는 내친김에 전산팀 직원에게 섹스라는 걸 해본 적 있냐 물었더니 그 사람도 없다고 했다. 해본 적이 없을뿐더러 들어본 적도 없다고 했다. 잠시 후 전산팀 직원이 직접 내 자리로 왔다. 전산팀 직원은 나와의 통화가 끝나고 한참 동안 머리가 혼잡했다고 한다. 혹시 이 세상에 섹스라는 게 정말로 있는 건 아닐까? 나와 전산팀 직원은 함께 귀두를 맞대고 한참동안 고민했다. 하나 우리 끼리 고민한다고 해서 답이 나오는 건 아니었다. 엉덩이만 아플 뿐이었다. 나는 화가 치밀었다. 내 돈. 이 돈을 벌기 위해 나는 얼마나 뼁이를 쳤는가. 그런데 이 작가놈들은 이렇게 날로 돈을 벌다니, 내가 너무 억울하다. 건강 정보 책을 읽고 당뇨에 도움이 되는 조언을 얻으려 했는데 이딴 게 왔다. 돈 날린 것도 서러운데 나더러 아무것도 모른단다. 나도 알 건 다 안다. 섹스만 모를 뿐. 섹스 빼고는 다 안다. 내가 아는 모든 것 중에서 가장 명확한 것은, 인생은 역시 가챠라는 것이다. 몇 권 더 사면 진짜로 당뇨에 도움이 되는 책이 올지도 모른다. 그래서 결론은, 나는 〈부기영화〉 3권도 살 것이다. 3권에는 분명 당뇨에 관련된 꿀팁이 나올 것만 같다. 내가 3권 살 거라는 걸 〈부기영화〉는 알고 있을까?

시작은 '아카데미아'였던가.

나는 세상 모든
창작물의 본질을 봤다.
과거뿐 아니라 미래의 창작물이
나아갈 길도 보았지.

서사극의 난 총사령관, 브레히트

낯설군, 이 상황이.

씩ㅡ

뭐?

'시학 6장'은 낡았어. 인물에게 감정 이입을 강요하고 모방된 공간과 장치를 이용해 감정적 결말로 창작물을 제한하고 있다.

나의 반란은! 무대와 인물, 대사와 장치를 낯설게 만들고 작품의 내용과 관객 사이에 거리를 두어 네놈이 정한 창작물의 원칙에서 관객을 해방하는 거였어!

관객은 감정 이입이 아니라 냉철한 이성으로 작품 속 상황을 판단하고, 예술 작품을 통해 더 나은 인간이 될 수 있다!

…풉.

크하하하! 그래서?
그 시도는 성공했나,
브레히트?

• • •

똑똑히 봐라! 네놈이 정한 원칙들을
무시하고 공연되는 너의 작품들을!

〈억척어멈과 그 자식들〉을
보며 주인공에게
감정 이입하고 있어!

이제 관객들은
네 대표작인
〈사천의 선인〉을 보며
눈물짓고

서사극? 브레히트?
아무 의미 없는 찻잔 속
태풍일 뿐이다!!

DOGVILLE

로키산맥 끝자락, 폐광과 닿아 있는 작은 마을.
주민들은 과수원이나 운송업, 유리 세공 같은 일을 하며
근근이 생계를 꾸려가는 이곳이

오늘의 무대, 도그빌입니다.

톰이라는 친구가 살고 있습니다.
작가인데 아직 완성작을 내놓지 못한 '자칭' 작가죠.
그는 작가처럼 행세하지만 정작 글은 쓰지 않습니다.
대신 주민들에게 '수용의 미덕'을 가르치기 위해 고민 중입니다.

도그빌의 주민들은 일주일에 한 번, 목사관에 모여 주민회의를 엽니다.
안건이 있는 것은 아니고, 주로 톰에게 설교를 듣는 정기 모임이죠.

어느 날 산책 중에 톰은 총소리를 듣습니다.
산 아래 마을인가?

도그빌 경계에서 밑을 내려다보지만
총소리의 근원지를 발견하지 못했습니다.

대신 미모의 낯선 여성, 그레이스를 발견하는군요.
그레이스는 배가 고팠는지
'모세'라는 개의 밥그릇에서 뼈다귀를 훔쳤고
분노한 모세가 짖는 바람에 톰이 그녀를 발견할 수 있었죠.

멀리서 자동차 소리가 들리자 그레이스가 소스라치게 놀랍니다.
그녀는 누군가로부터 도망치고 있었던 것이죠.

톰은 가까스로 그레이스를 진정시킨 뒤 마을 뒤쪽 폐광에 숨겨줍니다.
자동차가 도그빌에 도착합니다.
운전자는 톰에게 미모의 젊은 여성을 봤느냐 묻고
톰은 아무것도 보지 못했다고 거짓말을 하네요.

뒷좌석의 높은 인물이
혹시 나중에라도 그녀를 찾으며 연락하라며 명함을 줬지만
톰은 그레이스를 지킬 생각입니다.

톰은 이 일을 운명처럼 받아들입니다.
주민들에게 '수용의 미덕'을 가르치고 싶었지만
마땅한 '실제 사례'가 없어 고민하던 차였거든요.

그런데 이제 도움이 필요한 여성, '그레이스'가 나타났고
톰은 그레이스를 마을의 주민으로 수용하자며 사람들을 설득합니다.

주민들은 동의하는 대신 조건을 달았습니다.
마을의 일원으로 받아들이되, 2주간의
임시 기간을 둔 것이죠. 마치 인턴처럼.

그레이스는 조건을 받아들이고 2주 동안 마을의 잡일을 돕습니다.
그녀의 밝고 친화력 넘치는 성격에 마을 주민들은 흡족해했고

2주가 지난 뒤, 그녀는 도그빌의 정식 주민이 됩니다.
동시에 톰과 그레이스 사이에는 설레는 감정이 싹트지요.
영화에는 행복과 희망이 가득합니다.

경찰이 도그빌에 와서 실종자 포스터를 붙입니다. 바로 그레이스.
주민들은 일제히 함구하고 그레이스를 신고하지 않습니다.

경찰이 또다시 찾아와 포스터를 붙입니다.
이번에는 실종자 포스터가 아니라 현상금 포스터군요.
은행 강도 혐의. 그레이스였습니다.
주민들 마음속에 실금 같은 의심이 생겨납니다.

그레이스가 범죄자임을 알게 된 주민들은 갈등합니다.
우리가 과연 옳은 일을 하는 것일까.
그러자 그레이스를 사랑하는 톰이 나서죠.

이 모든 일은 갱단이 경찰을 매수해서 꾸며낸 것이다.
톰의 설득에 주민들은 일단 납득하지만 역시 조건이 생겨났습니다.

그레이스를 신고하면 받게 될 현상금만큼
그레이스가 노동력으로 갚아주길 원하죠.

그레이스의 노동 시간은 두 배로 늘었고
급료는 반으로 줄었습니다.

도그빌의 주민들은
그레이스의 노동을 당연시하기 시작했고

그레이스는 아침 일찍부터 밤늦게까지
일하느라 지쳐버렸습니다.

그러던 중 사과 과수원을 운영하던 척이
그레이스를 강간합니다.

강간하고 또 강간하고 또 강간했습니다.

거듭되는 강간 속에 그레이스는 피폐해집니다.

척의 부인, 베라가 그레이스를 찾아옵니다.

왜 내 남편에게 꼬리를 치느냐.

욕을 퍼붓던 베라는 그레이스가
아껴가며 모아온 인형들을 깨뜨립니다.

울지 않으면 2개를 깨뜨리고 끝내겠지만
만약 운다면 7개를 모두 깨뜨리겠다고 협박합니다.

야만적인 상황을 참지 못한 그레이스는 눈물을 터뜨렸고

베라는 7개의 인형을 모두 부숴버립니다.

그레이스를 지켜보며 괴로워하던 톰은
결국 그녀를 탈출시키기로 합니다.

운송업을 하는 벤에게 10달러를 주고
벤의 트럭에 몰래 그레이스를 태워 마을 밖으로 내보낼 계획이죠.

그레이스도 톰도 10달러가 없었지만
다행히 톰이 아버지에게 10달러를 빌려왔고,
드디어 그레이스는 주민들 몰래 벤의 트럭 화물칸에 오릅니다.

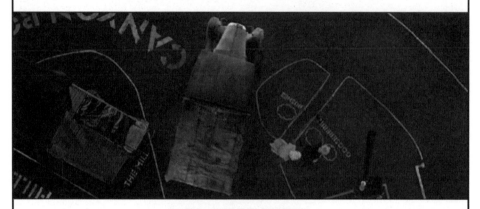

그레이스의 탈출은 성공할까?
한참 달리던 벤의 트럭이 멈춥니다.
경찰의 경비가 심해 10달러로는 탈출을 도울 수 없다고 하죠.
벤은 추가 요금을 논하더니,
결국 그레이스의 몸을 원하기 시작합니다.

거절도 반항도 하지 못한 채 또 한 번의 강간이 일어났고
그레이스는 그대로 정신을 잃고 맙니다.

그레이스가 정신을 차렸을 때, 벤의 트럭이 멈춰 있는 곳은
도그빌이었습니다.

기절에서 깨어난 그녀를 매섭게 쏘아보는 도그빌의 주민들.
설상가상으로 톰이 빌려왔다던 10달러는 아버지에게서 훔친 돈이었습니다.

톰의 아버지는 도둑을 찾고 있었고
톰은 모른 척했고

10달러의 도둑질은 그대로
그레이스의 죄가 되었습니다.

이제 그레이스의 목에는 쇠줄이 채워졌고
쇠줄의 반대편 끝엔 혼자서는 들 수 없는 철의 수레바퀴가 달렸습니다.

그레이스는 마을 전체의 노리개가 되었고
아이들의 놀림과 마을 남자들의 강간이 수시로 일어났습니다.

주민회의가 소집됩니다.
참다못한 톰이 나선 것이죠.
톰은 그레이스에게 모든 진실을 밝히라 말하고
그레이스는 도그빌의 모든 주민이 보는 앞에서
지금까지 당해온 모욕과 수치, 착취를 고백합니다.

그러나 누구도 그녀의 말을 듣지 않죠.

왜냐하면 그레이스는
도그빌 밖으로 나가면 체포될 지명수배자,
이곳을 벗어날 수 없는 추잡한 창녀이자 미개한 노예,
모세만도 못한 도그빌의 개였기 때문입니다.

절망한 그레이스와 그녀를 위로하는 톰.
그런데 톰의 위로가 점점 횡설수설해지더니
갑자기 사랑을 고백하고는, 결국 성관계를 시도합니다.

하지만 그레이스는 "당신은 나를 강간한 자들과 다르다"며 거절하죠.
톰은 대충 수긍하고는 그레이스 곁을 떠납니다.

관계를 거부당한 톰은 산책을 하며 생각을 정리합니다.
체면을 구긴 탓에 그는 모욕감과 배신감을 느꼈지만

더 치명적인 것은,
도그빌의 다른 남자들과 다를 바 없는
자신의 본모습을 들켰다는 수치심이었죠.

행여나 이 일이 알려지기라도 한다면?
그의 작가 미래에 걸림돌이 될 수도 있습니다.

톰은 도그빌의 대표 지성이자 자랑스러운 작가여야 합니다.
그 권위와 명예, 작가로서의 미래는 무엇과도 바꿀 수 없었죠.

톰은 일전에 갱단 보스에게서 받은 명함을 꺼내듭니다.

톰의 밀고로 갱단의 차들이 도착합니다.
도그빌의 주민들은 갱단을 환영합니다.

주민들은 추잡한 노예를 쫓아내고 갱단으로부터
보상금을 받을 희망에 부풀어 있습니다.

개 목줄을 찬 더러운 여자가 갱단에게 잡혀가는 저 꼴을 보라!

우리 마을의 아이들을 괴롭히고 남자들을 유혹하고
그녀를 믿었던 우리의 선의를 배신한,
저 창녀의 추잡한 말로를 보라!

그렇게 그레이스는 차 안에서 아버지와 재회합니다.

과거의 일을 사과하는 그레이스의 아버지, 아니 갱단의 보스는
도그빌을 어떻게 처리할 것인지 딸에게 묻습니다.
모두 불태우고 쏴 죽일 것인가. 이제 선택은 그레이스의 몫입니다.

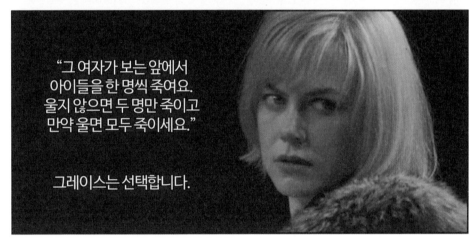

"그 여자가 보는 앞에서
아이들을 한 명씩 죽여요.
울지 않으면 두 명만 죽이고
만약 울면 모두 죽이세요."

그레이스는 선택합니다.

모든 인간이 죽어나가고
모든 것이 불타오르는

유일하게 살아남은 생명체인 모세가
하늘 혹은 관객을 보며 짖어대는
도그빌의 모습으로

영화는 막을 내립니다.

지금까지가 오늘의 영화
〈도그빌〉의 전체 줄거리입니다.

내용만큼 형식도 중요한 작품이기에
줄거리를 알았다고 해서 이 영화를
온전히 이해했다고는 말할 수 없죠.

직접 보지 않으면,
절대 알 수 없는 영화입니다.
줄거리는 이 작품의
일부분일 뿐이거든요.

줄거리만 보면
곱고 아름다운 그레이스가
노예로 추락한 뒤

막판에 통쾌하게 쏠어버리는
타란티노 스타일의
복수극으로 보일 수 있지만,

〈도그빌〉은 그보다
조금 더 대단한 작품입니다.

저희가 이런 말씀은 잘 안 드리는데
예술사적 가치가 높다,
이 정도로 요약하겠습니다.

그래서 오늘은 이렇게 하겠습니다.

그레이스가 안타깝다! 도그빌 놈들 꼬시다! 톰 저놈은 뭐지? 도그빌의 개 이름이 '모세'?

톰의 아버지가 읽고 있는 책이 〈톰 소여의 모험〉? 척과 베라의 아이들 이름이 그리스 신화 속 신들이라고?

이런 잔잔바리들은 전부 생략하겠습니다.

작품의 핵심으로 바로 들어가겠습니다.

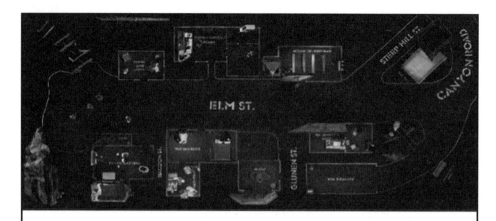

이곳은 도그빌입니다.
로키산맥 끝자락의 폐광 마을이죠.

이곳에 오기 위해서는 험한 산길을 올라야 하고
산길을 올라 도착하면 사실상 더 갈 수 있는 곳이 없습니다.
산을 오르자니 산세가 험해 추락할 것이고
광산으로 내려가자니 이미 폐광이 되어 막혀 있으니까요.

즉, 이곳은 길의 끝입니다.

길의 끝 도그빌에는 이상과 치부의 갈림길이 있습니다.
더 올라가야 하는 산은 이상, 몰래 내려가 숨는 폐광은 치부죠.

산을 오르려던 그레이스의 도망은 이상이지만
도망 중에 배가 고파 개의 먹이를 훔친 것은 치부입니다.

주민들에게 받아들여진 후 그레이스는 길의 끝,
도그빌에서도 가장 끝에 있는 집에서 지냅니다.

그녀에겐 핍박과 착취라는 치부가 있지만 놀랍게도
매 순간 주민들을 용서하고 이해하려는 이상이 있죠.

치부는 그녀 내면의 밑에서부터 점점 쌓여갔지만
해결할 방법을 찾지 못해 폐광이 되었고,
주민들을 용서하고 이해하려는 이상은
오를 수 없는 산처럼 실현 불가능한 꿈이었습니다.

즉, 그레이스는
이성과 욕망, 혹은 이상과 치부 사이에서 길이 끊긴 인물.
폐광과 로키산맥 사이에서 길이 끊긴 도그빌 그 자체입니다.

여러분은 그레이스에 대해 어떻게 생각하십니까?

그렇습니다. 안타깝죠. 불쌍하고. 한편으론 미련하다고 느끼시는 분들도 있을 겁니다.

그레이스에게 감정을 이입하면 도그빌 주민들은 죄다 쓰레기고 톰은 무능한 이상주의자에 지나지 않죠.

엔딩에서 벌어진 그레이스의 복수는 통쾌하고 짜릿할 수도 있습니다.

그렇지만 이걸 한번 생각해보십시오.

그레이스가 과연 제대로 된 인물인가.

그레이스의 인성이
제대로 된 거냐고 묻는 게 아닙니다.
그레이스가 작품 내에서 적절하고 타당하게
완성된 인물이냐고 묻는 것이죠.

이상하지 않습니까?

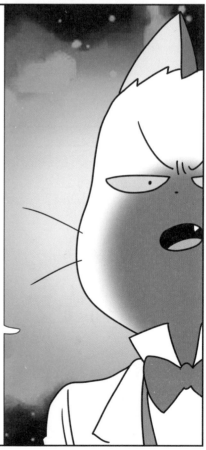

그녀는 남친 때문에 아빠와 사소한
다툼을 벌이고 도망쳐 나온 인물인데,
도그빌에서 그토록 비참한 학대와
착취를 당했음에도 주민들을
용서하려 한다?

이상하지 않습니까?

엔딩에서는, 그렇게 주민들을
이해하려던 그녀가

별거 아닌 설득에 돌변해
도그빌의 주민 전부를,
심지어 갓난아기까지
총으로 쏴 죽이라고 지시한다?

엄마가 보는 앞에서 일곱 아이를
차례로 모두 죽이라 지시한다?

이상하지 않습니까?

요지는 이렇습니다.
그레이스는 드라마를 통해 정상적으로 구축된 인물이 아니라
라스 폰 트리에 감독의 의도대로 설계된 '장치'일 뿐이다.

감정 이입의 대상이 아니라
감독이 말하고자 하는
주제의 근거일 뿐이라는
겁니다.

이번 〈부기영화〉는
패스하겠습니다.

아, 때려~치우고
제철 해산물 이야기나
좀 해보세요.

독자
1

독자
2

드르렁

아, 잠깐
기다려봐!!

ZZ
독자

나도 무슨 소린지 모르겠어.
인물은 원래 감독이
만든 장치 아냐?

그러니까 내 말은…
전통적으로 완성된
서사와 감정이나
동기를 가진….

정신 차려!
다시 하자!!
처음부터.

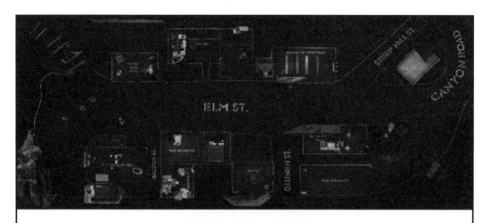

이곳은 도그빌이 아닙니다.
텅 빈 무대에 분필, 페인트와 테이프로 집과 길의 경계를 그어놓고
배우들이 마임 연기를 통해 도그빌의 주민인 척하는 곳이죠.

있지도 않은 건물과 도로, 있지도 않은 마을에서
있지도 않은 인물인 척하는 이곳은
연극과 영화 혹은 창작 문예의 시작입니다.

독특하고 흥미로운 〈도그빌〉의 양식에
관객들은 흥미를 느끼고 제각기 참여합니다.
관객은 연극을 보는 듯한 기분 속에서
감독과의 은밀한 약속에 합의하게 되죠.

저 페인트로 그은 곳은 집이고, 무대 위 조명은 태양이고,
배우가 마임으로 문을 열면 덜컥! 효과음이 나는 합의.

이 합의를 토대로 관객은
이곳을 실제 도그빌이라 여기게 됩니다.

〈도그빌〉의 독특한 양식은 작품 내에서 멋진 효과들을 창출하는데
그중 핵심은 '보이지 않는 벽' 효과입니다.

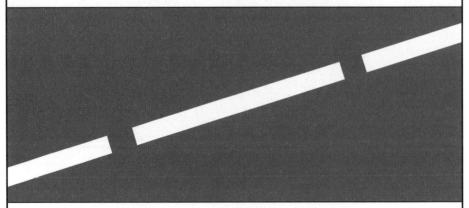

이곳에 벽은 없죠. 그저 바닥에 페인트로 그은 '약속'뿐입니다.

영화가 진행되면서 관객은 이 '약속'에 몰입하고
나중에는 페인트로 그은 선을
도그빌 주민들과 그레이스 사이에 솟은
견고하고 생생한 벽이라 믿게 됩니다.

약속을 실체처럼 여기기 시작한 셈이죠.

감독은 추가로 더 많은 '약속'을 요구합니다.

(관객이 고개를
돌리는 듯한 팬/틸트)

(호흡처럼 흔들리는 클로즈업)

(표정을 쫓아가는 트래킹)

인물 사이를 집요하게 파고드는 카메라를 이용해 감독은 관객이
관객석이 아니라 무대에 직접 존재하는 듯한 기분을 느껴보라 합니다.

하지만 관객이 어떠한 기분을 느끼건
이곳은 무대일 뿐이고 저들은 배우일 뿐입니다.
카메라도 틈틈이 원경을 비춰 극의 흐름과 호흡을 끊고 있습니다.

천천히 뜯어볼수록 〈도그빌〉은 참으로 묘하게
관객의 감정 이입을 거부, 차단, 방해하고 있습니다.

논리적 감정선이 없는 인물, '약속'으로만
이루어진 가상의 공간, 몰입을 방해하는 편집,

시간을 뛰어넘는 챕터 구조와 제3자의
전지적 시점에서 읊는 내레이션도
계속해서 관객을 영화 밖으로 밀어냅니다.

몰입하지 마. 감정 이입하지 마.
영화는 계속해서 이렇게 말하고 있습니다.

감독이 영화를 잘못 만들어서가 아닙니다. 오히려 뚜렷한 방향을 잡고 잘 만들어서 생기는 현상이죠.

〈시학〉의 아리스토텔레스와 '서사극'의 브레히트.

이번 〈부기영화〉의 오프닝을 유념하시고 지금부터 그 이야기를 시작해봅시다.

아리스토텔레스의 〈시학〉은 2000년 넘게 인류의 문예를 지배했습니다.

〈시학〉에는 창작물이 갖춰야 할 기본 원칙이 담겨 있고 어떤 창작자도 그 원칙에 반기를 들지 않았습니다.

1920년대 독일의 극작가, 베르톨트 브레히트가 찰리 채플린의 무성영화를 보기 전까지는.

무성영화들에서 영감을 얻은 브레히트는
〈시학〉이 창작물을 제한하고 있음을 발견합니다.
역사상 최초로, 아리스토텔레스에게 반기를 든 예술가가 나타난 것이죠.

그는 〈시학〉의 틀을 벗어난 희곡들을 쓰기 시작했고
그 작품들을 서사극이라 지칭합니다.

브레히트의 서사극은 아리스토텔레스의 〈시학〉,
그중에서도 핵심인 '6장'을 정면으로 반박했습니다.

〈시학〉 6장의 요지는 대략 이렇습니다.

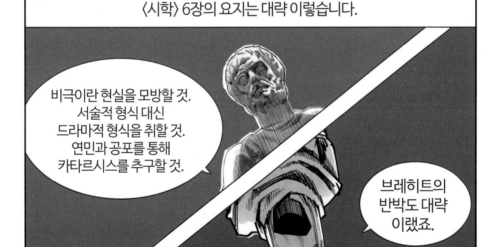

비극이란 현실을 모방할 것.
서술적 형식 대신
드라마적 형식을 취할 것.
연민과 공포를 통해
카타르시스를 추구할 것.

브레히트의
반박도 대략
이랬죠.

모방 대신 낯설게 하여 관객과 작품의 거리를 유지함.
설명이나 웅변 등 자유로운 형식을 적극 사용함.
카타르시스의 감정 소모 대신 이성을 통한
현실 비판과 자아 성찰 유도.

브레히트의 반란은 예술 역사에 의미 있는
족적을 남겼지만 결국은 실패했습니다.

왜냐하면 그의 서사극들이 지나치게 정치적이고
교조적이었기 때문이죠. 요즘 말로 치면,
브레히트가 관객들을 너무 가르치려 들었다는 것입니다.

그의 작품에서는 "이게 과연 옳은 일입니까!?" 하며
관객에게 큰 소리로 묻는 장면이 종종 있는데
어떠세요? 골이 지끈지끈 아프고 정이 뚝 떨어지지 않습니까?

이번 〈도그빌〉 리뷰에 브레히트의 서사극을 끌어온 이유는 간단합니다.
이 영화가 서사극을 완벽하게 재현해냈기 때문이죠.

솔직히 말하면, 저는 〈도그빌〉이
브레히트의 오리지널 서사극들보다 더 좋습니다.

무엇보다 재밌거든요.
〈도그빌〉이 서사극이라는 근거를 간단히, 조금만 더 살펴볼까요?

꾸준히 연극 무대를 원경으로 비춰 낯설게 하기,

PROLOGUE
(which introduces us to
the town and its residents)

챕터와 프롤로그 및 에필로그,
내레이션을 적극적으로 사용하는 자유로운 형식,

연민과 공포를 이용하지만 카타르시스가 아닌
사회 비판적 주제로 귀결하는 결말.

완벽한 서사극입니다.

엔딩도 서사극의 정수를 잘 담고 있습니다.

엔딩에서 그레이스는 재회한 아버지와
'오만함'이라는 주제로 대화를 하는데,

자신을 학대한 도그빌 주민들을 용서하고
이해하려는 그레이스에게
아버지는 이렇게 말하죠.

"넌 그들을 연민하기에 심판하지 않는 거야.
저들은 너처럼 고귀한 존재가 아니기 때문에
잘못을 해도 용서할 수 있다는 것 아니니?
그것부터가 이미 오만의 극치란다."

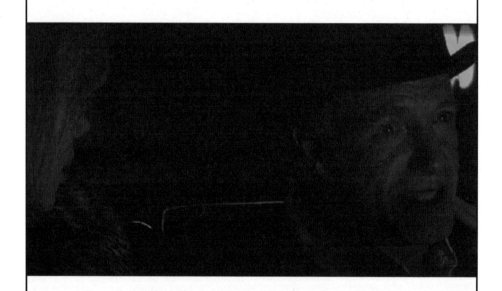

곱씹어보면 이 대사는 그레이스에게 하는 말이 아니죠.

관객에게 "이게 옳은 일입니까?"라고 큰 소리로 묻는 겁니다.

그렇다면 라스 폰 트리에 감독은
〈도그빌〉이라는 서사극을 어떻게 마무리 지었을까요?

간단합니다. 도그빌에 살 가치가 있는 인간 따위는 없다.

타란티노 영화의 클라이맥스처럼,
그리스 연극의 데우스 엑스 마키나처럼
갱단은 도그빌 전체를 몰살해버립니다.

목사 없는 목사관(종교),

느릅나무 없는 느릅나무길(제도와 언어),

글을 쓰지 않는 자칭 작가(지성),

벽 없는 곳에 세워진 벽(공동체),

용서를 오만함이라 말하면서
타인의 생명을 뺏는 오만한 심판(양심, 사법, 정의).

라스 폰 트리에 감독은 현대사회 전체에
핵폭탄을 떨어뜨립니다.

이 핵폭발에서 살아남은 단 하나의 '실제'는
자신의 먹이를 빼앗겨 한참을 짖은 개 한 마리,

위선과 오만의 이집트에서 출애굽기에 성공한 모세뿐이었습니다.
도그빌은 최종에 이르러 진짜 도그빌이 되었죠.

라스 폰 트리에라는 인간에 대한 평소 생각과는 별개로,
〈도그빌〉은 경이로운 작품입니다.
단순히 연극적 무대 장치를 이용한,

인간의 위선을 폭로한 작품이라 정리하기엔
작품의 가치가 너무나 높습니다.

브레히트의 서사극을
완벽하게 재현했다는
예술사적 가치는 물론,

하나의 완결된 영화로서도
훌륭합니다.

미친 감독의 미친 영화.

관객들에게도 멋진 경험을
선사했지만 제 짐작에,
예술가들에게 더 많은 영감을
주지 않았을까 싶네요.

엔딩에서 대부분의 관객은 그레이스의 복수에 찬성할 겁니다.
그녀가 겪은 고통을 알기 때문에.

한데 이후의 참상 속에서 관객은
오만함이란 무엇인지를 한 번 더 생각하게 됩니다.

그레이스의 용서와 그녀 아버지의 심판, 모두가 오만한 것이죠.
그리고 관객은 자신도 모르게 그 오만에 동조한 셈이 되었습니다.

그런데 한 번 더 생각해보면,
도그빌의 모든 인간을 살육하라는 그레이스의 지시에
어쩌면 지금껏 이 연극에 참여하고 있었던 관객도 포함될지 모릅니다.

이런 해석이라면 〈도그빌〉이란 영화를 보고 있는 관객들은
'도그빌'이란 공간에 함께했던 스스로를 죽이는 데 동의한 셈이죠.

〈도그빌〉은 궁극적으로
관객을 폐광과 산맥 사이, 갈 곳 없는 이성의 끝으로 몰아넣습니다.

이 점이 이 영화를 계속해서 곱씹도록 만듭니다.
정말 훌륭한 작품입니다.

이렇게 또 끝인가?

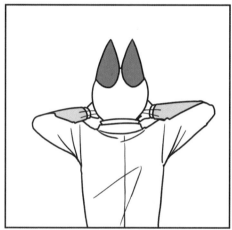

갈수록 혼잣말이 늘어난다.

늦은 밤, 흔들리는 택시의 뒷좌석에서.

잠들기 전, 침묵에 짓눌려
유언처럼 응시하는 천장 앞에서.

나는 왜 이러고 사나 하는 혼잣말.

삶이 버겁다는 것은 진작 알고 있었지만
이렇게 갈수록 힘들어진다는 건 알지 못했다

내가 살고자 했던 삶은 이렇지 않은데
어디서부터 잘못된 건지, 대체 지금
어디로 가고 있는지.

질문은 구름처럼 끝없이 피어나지만,

대답 한 번 할 시간 없이 또 하루를 산다

좋았던 때도 있었던가
친구도, 사랑하는 사람도 있었던가

삶의 무게 따위 나를 구속 할 수 없을 것 같았고

내 삶의 주인은 언제나 나 자신일 거라
믿고 또 노래했었다.

하나 지금의 나는
급여명세서와 임대차 계약서 사이를 떠도는
엑셀 시트 셀 한 조각에 지나지 않는
존재가 아닌가.

엔터 한 방이면 규정되고
딜리트 한 방이면 삭제될
그런 존재.

그 존재에게

이 영화가 묻는다.

그래서 당신은,

이 삶에서

원하는 것을 얻었는가?

버드맨.

혹은 예기치 못한
무지의 미덕.

오늘의 주인공입니다.

버드맨이라는 영화로 할리우드 최고의 스타였던 그는
이제 늙었고 사람들에게서 거의 잊혀졌습니다.

딸의 말대로라면

요즘 세상에서 그는
없는 존재나 마찬가지죠.

그는 증명하려 합니다.

그에게 남은 마지막 통로인 연극을 통해서.

여러모로 어렵지만.

엉망진창 가족 관계.
사고 속출 연극 연습.

과거의 영광이 만들어낸 버드맨의 허상은 끝없이 자신을 괴롭히고
리허설을 본 평론가는 그의 연극을 죽여버릴 거라 장담을 하지만

그래도 그는 증명하려 합니다.

아직 나는

살아 있고

쓸 만하고

사랑받기

충분하다.

통로는 갈수록 좁아집니다.

그의 마지막 탈출구, 무대로 가는 통로가
갈수록 좁아집니다.

'이 길은 너무 좁고 끝없이 길어.'
하고 뛰쳐 나오면,

팬티 차림에 가발마저 벗은
그를 비웃을 준비가 완료된
타인들의 거리가 기다리고 있습니다.

그의 공연을 나락에 빠뜨리려는
평론가와 싸우고
술에 진탕 취한 공연 전날의 밤
거리에는 맥베스의 대사가
울려 퍼집니다.

내일 또 내일 그리고 또 내일
삶이라 기록할 수 있는 그 시간의 마지막 순간까지,

하루하루 살금살금 바짝 엎드려 기어왔던
우리의 모든 과거와, 모든 과거의 모든 사건은
바보들이 허망한 죽음으로 향하는 그 길을 비춰왔다.

꺼져라! 꺼져라 고작 이 정도밖에 타지 못하는
단명의 촛불이여!

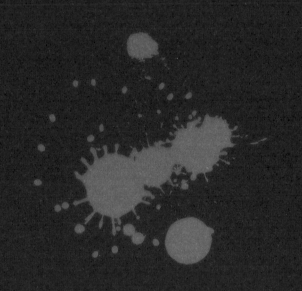

인간의 삶이란 그저 걸어 다니는 그림자.
무대 위에 선 잠깐은 교만하게 외치고 떠들며
배역을 연기하지만,

무대를 떠나 시간이 지나면
흔적도 없이 사라지는 가련한 배우에 불과할 뿐.

의미 없는 헛소리와 분노만 가득한,
그저 바보의 이야기일 뿐.

영화에는 맥베스를 차용한 부분이 많습니다.

버드맨의 망령은 맥베스를 부추기고 조롱하는 부인과 닮았고
리건이 잘 나갔던 영광의 과거는 예고된 비극으로 이끈
맥베스의 신탁과 맥이 닿죠.

두 주인공이 현실적 문제에 고뇌하고
내적으로 갈등하는 것이나
허무한 인생의 마지막 결말조차도.

첫 공연 전날, 평론가와 싸우고
술에 취해 거리에서 잠들어 버린 리건이었지만,
그럼에도 불구하고 첫 공연의 시작 반응은 꽤 좋았습니다.

1막이 끝나고 2막이 시작되기 전,
중간 쉬는 시간에 리건은 대기실에서 전부인에게
자신의 문제를 고백하고 자살을 시도했었던
과거를 고백합니다.

그리고 나서 그는
소품용 권총 대신 실제 권총을 들고 2막의 무대로 향합니다.

2막의 끝, 연극의 엔딩에서 리건은

난 사랑받지 못해.
난 존재하지 않아.

난 여기 없다고.

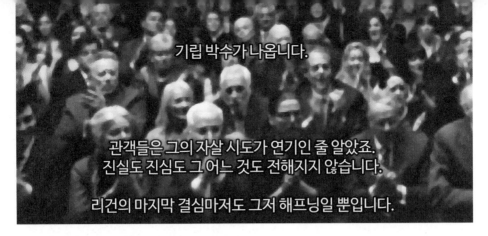

기립 박수가 나옵니다.

관객들은 그의 자살 시도가 연기인 줄 알았죠.
진실도 진심도 그 어느 것도 전해지지 않습니다.

리건의 마지막 결심마저도 그저 해프닝일 뿐입니다.

감독은 리건을 계속해서 코미디의 미로에 가둡니다.

평론가에게 사준 술을 결국 자신이 원샷해 버리고
딸에게서 빼앗은 대마초를, 속상하자 자신이 피워버리고
자신을 기만한 배우와 슬랩스틱 액션을 벌이죠.

그토록 바라던 꽃을 받았지만
그는 향기를 맡을 수 없는 처지였습니다.

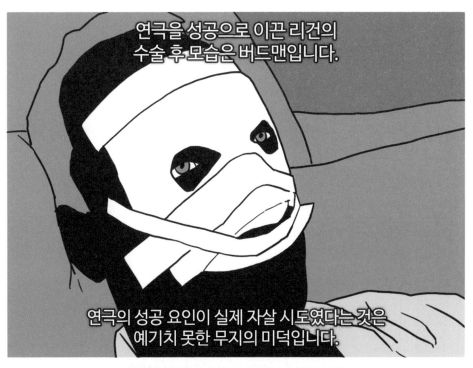

연극을 성공으로 이끈 리건의
수술 후 모습은 버드맨입니다.

연극의 성공 요인이 실제 자살 시도였다는 것은
예기치 못한 무지의 미덕입니다.

버드맨 혹은 예기치 못한 무지의 미덕.
영화의 제목은 이렇게 완성됩니다.

인생이란 가까이서 보면 비극,
멀리서 보면 희극이라는 채플린의 말.

혹은 인생이란 슬픈 익살이라던 루이지 피란델로의 말과
일맥상통하는 제목입니다.

영화는 세 겹으로 이루어져 있습니다.

극중극 형식으로 삽입된 레이먼드 카버의 연극이 한 겹,
그 연극의 주인공인 리건 톰슨이 존재하는 영화 속 세상이 또 한 겹,

리건 톰슨을 연기한 마이클 키튼이 존재하는
진짜 현실이 마지막 한 겹입니다.

감독은 이 세 겹의 구성을 이용하여
웃음을 주거나, 관객의 허를 찌르거도 하며, 때로는
현실과 환상을 모호하게 오가는 장치를 두기도 합니다.

영화의 배경음악을 연주하는 드럼 주자가
영화 속 장면에 직접 등장하는 장면처럼.

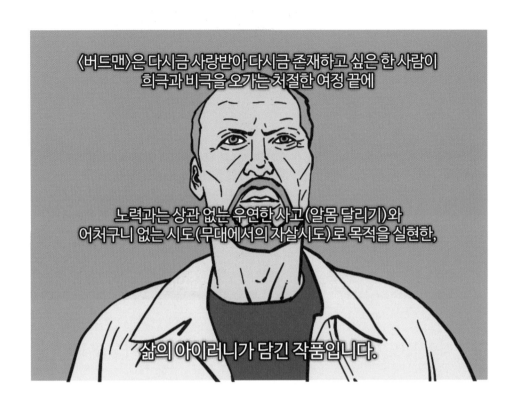

〈버드맨〉은 다시금 사랑받아 다시금 존재하고 싶은 한 사람이
희극과 비극을 오가는 처절한 여정 끝에

노력과는 상관 없는 우연한 사고(알몸 달리기)와
어처구니 없는 시도(무대에서의 자살시도)로 목적을 실현한,

삶의 아이러니가 담긴 작품입니다.

삶의 아이러니.
속옷 차림으로 뉴욕 시내를 달리는 장면을 돌이켜볼까요?

우리가 인생에서 간절히 원하는 것을 얻으려 노력할 때,
그 과정이 항상 아름다울 수는 없습니다.

부끄러움을 무릅쓴 채 치부를 드러내야 할 때도 있고
그로 인해 생면부지의 타인들에게 웃음거리가 될 수도 있죠.

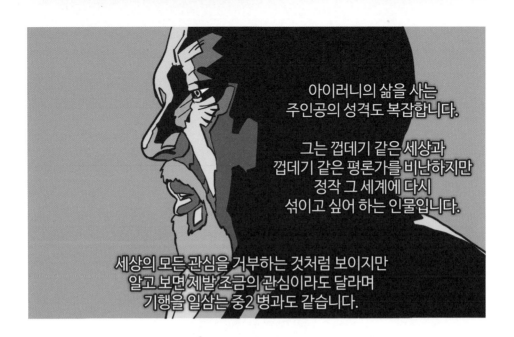

아이러니의 삶을 사는
주인공의 성격도 복잡합니다.

그는 껍데기 같은 세상과
껍데기 같은 평론가를 비난하지만
정작 그 세계에 다시
섞이고 싶어 하는 인물입니다.

세상의 모든 관심을 거부하는 것처럼 보이지만
알고 보면 제발 조금의 관심이라도 달라며
기행을 일삼는 중2 병과도 같습니다.

대중적인 인기를 원하지만 대중은커녕 가족에게도 인기가 없습니다.

부인에게 식칼을 들이대 이혼당했고
전부인은 그를 찾아와 좋은 아빠일 필요도 없으니
아빠라도 되어달라 부탁합니다.
그 와중에도 그는 자기 이야기만 하죠.

딸에게 특별한 아이라고
말해주긴 했으나,

정작 특별하게 대해준 적도
없습니다.

의미 있는 삶을 통해 사랑받고자,
사랑받아 진정 존재하고자 하지만,

정작 타인의 의미는 받아들이지 않으며
버드맨이라는 과거로부터 벗어나려 해도
그럴 능력이 없는 인물.

아이러니 세상의 아이러니한 주인공은
그 욕망도 아이러니에 묶여 있습니다.

그의 목적은 성공적인 공연이나 예술이 아니었죠.

작품을 위해 자신을 던졌던 〈블랙 스완〉과 정반대로,

〈버드맨〉에서 리건의 공연은 그저, 잊히기 싫다는
욕망의 도구였을 뿐입니다.

우리의 삶 역시 거창한 이상을 목표로 하지 않습니다.

거창한 것들은 나이가 들면서 좌절되고
결국 빛바랜 허풍이 될뿐이죠.

그럼에도 불구하고 나이가 들어 늙어버린 그 시점에서도,
비록 이렇게 모순적이고 이기적인 사람이라 해도,
결코 포기할 수 없는 욕망이 있습니다.

리건의 현실은 고독의 수준이 아닌, 고립의 수준입니다.

그는 고립되어 있습니다.
이혼한 가족과 껄끄러운 동료,
자신을 잊은 세상으로부터.

작은 분장실에 고립되어 과거의 망령과 싸우고

좁은 복도를 지나 온갖 고난을 겪으며

모욕도 참아내고 웃음거리가 되면서까지
그가 포기하지 않는 것.

어떻게든 무대에 올라 조명 아래서,
관객 앞에서 그가 보여주고자 했던 것.

모든 인간이 각자의 세상이라는 무대 위에서
최선을 다해 자신의 삶을 연기하는 이유.

걸음마도 떼지 않은 아기부터 임종을 앞둔 노인까지
그 누구도 절대 포기하지

비록 내가 이렇게 이기적이고 모순적일지라도
나를 둘러싼 현실이 시궁창처럼 엉망진창이라 해도

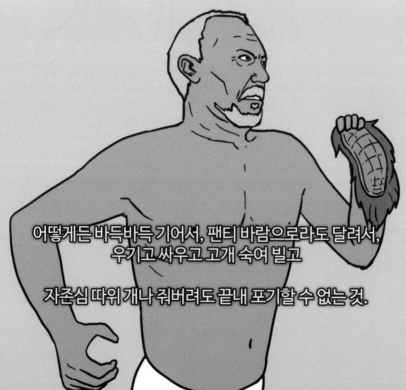

어떻게든 바득바득 기어서, 팬티 바람으로라도 달려서,
우기고 싸우고 고개 숙여 빌고

자존심 따위 개나 줘버려도 끝내 포기할 수 없는 것.

밤바다를 마주해 파도 소리 속에서
자신의 미래를 꿈꿀 때

두 어깨 위에 장엄히 내려앉는
그 간단한 욕망.

사랑받고 싶다.

내 삶의 배우로서 내 삶을 지켜본
관객에게 박수 받고 싶다.

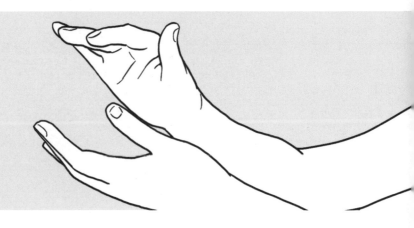

사랑받을 가치가 있는 삶을 살고 싶다는
근원적 욕망 말입니다.

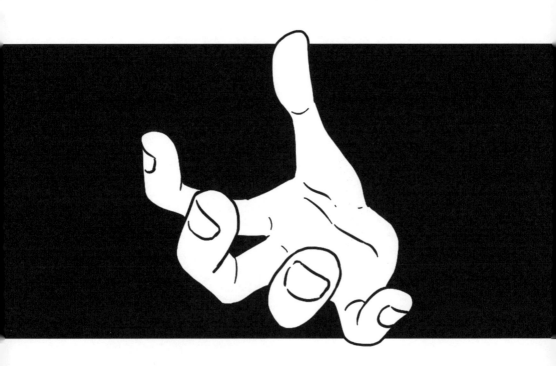

영화는 결말로 향합니다.
머리에 총을 대고 쐈지만 그는 살았습니다.

그가 했던 연극에서 '어떻게 총을 입에 물고 쐈는데
살아남았는가' 하는 대사가 있는데, 그 놀랍고
말도 안되는 일이 현실의 리건에게도 일어난 것이죠.

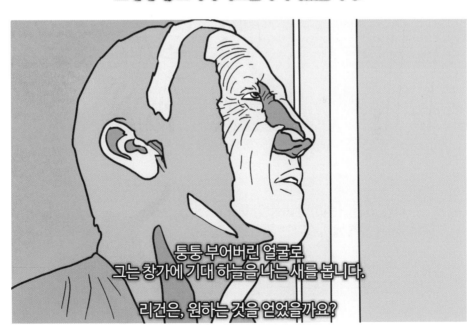

정신을 차리는 리건의 붕대를 뜯고,
버드맨의 망령은 리건에게 작별을 고합니다.

그에게서, 드디어 버드맨이 사라졌습니다.

통통 부어버린 얼굴로
그는 창가에 기대 하늘을 나는 새를 봅니다.

리건은, 원하는 것을 얻었을까요?

이어진 장면에서 꽃병을 들고 병실로 들어온 딸은
그가 사라진 것을 깨닫고 불길한 표정으로
열린 창문을 내다보는데,

겁에 질린 표정으로 바닥을 보고 나서
아무것도 없는 바닥과 하늘의 무언가를 연이어 발견했는지
그녀는 허공을 보며 미소 짓습니다.

과연 리건이 원하던 바를 이루고
새처럼 자유롭게 날아갔다는 해피 엔딩일까.

아니면 맥베스처럼 인생의 무상함을 깨닫고
창밖으로 투신했다는 비극적 결말일까.

영화 초반부에 딸은 리건이 원하는 꽃을 사지 못했습니다.

딸은 결국 다른 꽃을 사와 분장실의 리건 자리에 놓아두었죠.
아빠가 원하는 것은 세상에 없다는 쪽지와 함께.

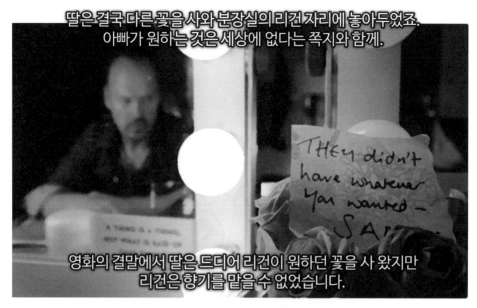

영화의 결말에서 딸은 드디어 리건이 원하던 꽃을 사 왔지만
리건은 향기를 맡을 수 없었습니다.

이는 보는 시각에 따라, 리건이 결국
원하는 것을 갖지 못했다는 암시로 해석 될 수 있지만
저는 조금 다르게 생각합니다.

제 생각에는 리건이 원하는 것이 바뀌었습니다.
그가 그토록 원하던 인기를 되찾았음은 TV 뉴스와
병실 밖 기자들을 통해 증명되었죠.

리건은 꽃향기를 맡을 수 없지만 딸과 포옹을 했고
딸은 인터넷에 존재하지 않던 아빠를 위해 대신
SNS 계정을 만들어 줍니다.

그리고 버드맨과 작별을 했죠.

그는 변했습니다.
해파리가 하지 못했던 일을 권총이 해냈습니다.

맥락상 리건이 뛰어내렸음은 분명해 보입니다. 그러나
그 행동을 죽음으로 표현하는 건 이 영화답지 않은 해석이죠.

온갖 은유와 암시로 가득 찬 영화이기에
리건의 마지막 행동에도 다른 의미가 있을 수 있습니다.

리건의 연극을 다시 돌이켜보면, 그는 1인 2역을 맡았는데,
1막에서는 멋진 옷을 입고 사랑에 관해 이야기하는 의사였고
2막에서는 사랑에 배신당하고 자신의 존재를
부정하며 자살하는 남자였습니다.

설명이 필요 없을 정도로 리건의 과거/현재와 닮아 있죠.
연극 속에서 리건의 배역은 자살과 함께
끝나버린 존재였습니다.

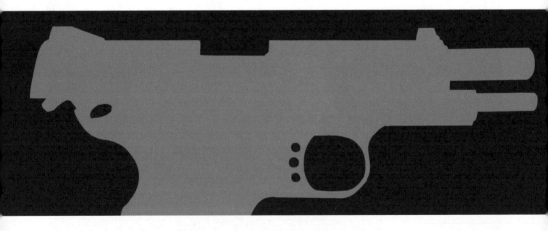

그런데 이 연극, 끝이 났나요?

리건이, 아니 리건이 맡은 연극 속 인물이
자신의 머리를 총으로 쐈습니다.
연극의 마지막 장면이었죠.

그러나 마지막 장면이 나왔다고 해서 연극이 끝난 것은 아닙니다.

자신의 머리를 쏜 인물의 배우가
실제 총으로 자살 시도를 한 뒤 병원으로 이송되었기에
이 연극은 온전히 끝나지 못했습니다.

아직 연극은 끝나지 않았습니다.

말씀드렸다시피 영화는 세 겹으로 이루어져 있죠.
연극, 영화, 현실의 세 겹인데 이 세 겹의 이야기가
〈버드맨〉의 결말에서 동시에 끝납니다.

연극도 끝나고 리건의 여정도 끝나고 이 영화 자체도 끝이 납니다.
그 끝은 무엇일까요?

마지막 장면 후에 연극의 끝을 알리는 그것은
배우가 모든 연기를 마치고 관객 앞에 서서
배역의 탈을 벗고 본래의 인간으로 돌아오는
모든 연극의 마지막 절차.

바로 커튼콜입니다.

그가 지금껏 애타게 바라왔던
대중들 앞에서의 커튼콜이 아니라

가장 가까이서, 가장 오랫동안 자신을 지켜봐 온 관객,
단 한 명뿐인 가족 앞에서 하는

인생의 커튼콜입니다.

그가 가진 원래의 욕망대로라면,
그는 대중과 기자들 앞에서 자신의 재기를 과시했을 겁니다.
그러나 엔딩에서 그는, 고작 한 명의 관객 앞에서
커튼콜을 했습니다.

지금까지 세상이라는 무대 위에서
전성기에 연기했던 버드맨, 직장의 상사,
못난 아빠, 못된 남편, 이기적인 노인 등등

그가 했던 모든 배역을 내려놓고
그저 그 삶을 연기한 한 명의 배우,
인간으로서 커튼콜을 한 것입니다.

이 커튼콜은 마치 〈인셉션〉에서
모든 꿈을 동기화시켰던 '킥'처럼
〈버드맨〉을 구성하고 있었던 세 겹의 이야기를
동시에 끝내 버립니다.

커튼콜로 리건의 연극이 온전히 끝났고,
리건의 삶이 끝났고, 이 영화도 끝났습니다.

그렇다면 또다시,
리건은 원하는 것을 얻었을까요?

커튼콜을 바라보는 관객인
딸의 표정이 어떻던가요?

네. 세상의 배우 리건,

그는 자신의 삶을
훌륭히 연기했음을
관객에게 인정받았습니다.

310

우리는 우리가 꿈꾸는 대로 살 수 없습니다.

항상 정의로울 수 없고 나의 삶을
멋진 하이라이트 장면으로 채우는 일도 불가능하죠.

삶은 고난으로 가득하고 그 경로는 점점 좁아지며
예기치 못한 사고, 모순과 갈등의 나선 속에서
나의 절박함과 진지함은 타인의 시선에
우스꽝스러운 희극이 되기도 합니다.

우리는 세상에도 맞서야 하고 타인과도 대립해야 하며
자기 자신과도 싸워야 합니다. 평생.
그 삶은 쉽지 않으며 그렇기에 더욱 가치가 있는 법이죠.

다른 사람들이 내 삶에 대해 뭐라고 하건
삶은 그 자체로서 가치를 가집니다.

리건의 분장실 거울에 적힌 메모,
'A thing is a thing not what is said of that thing.'이란
그런 의미입니다.

이번 영화 〈버드맨〉 이야기는 여기까지입니다.
곁에 오래 두고 여러 번 볼 만한 멋진 작품입니다.

삶과 인간을 무대와 배우에 비유했던 셰익스피어나
에픽테토스도 이 영화에 만족할 것 같습니다.

끝으로 여러분께 하고 싶은 말이 있습니다.

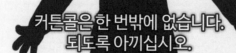

커튼콜은 한 번밖에 없습니다.
되도록 아끼십시오.

그리고 커튼콜에서 모든 관객의 기립박수를 받을 만한,
멋진 삶을 사시기 바랍니다.

어디 갔어?

지금 입장큐야!

좀 전까지 있었는데…?

아니, 여기서 뭐 해요?

한참 찾았잖아요.

빨리 이쪽으로

지금 바로 큐 들어갑니다.

참, 관객들 봤어요?
엄청 많아요.

매진이랍니다.

조명 스탠바이,

등장 스탠바이.

첫 대사 까먹지 말아요.

가세요.

그리고 살아요.

그 무엇이건, 당신의 삶을.

이 삶에서

원하는 것을

얻으세요.

추천사

와 이걸 진짜 하시네ㅋㅋㅋㅋ _jaak

이 책을 보는 자, 모든 희망을 버려라. _기억해줘

저런 어쩌다 _적월

또? _약골

B급인 척 하는 S급 리뷰 _goldear

자산어보에 버금가는 훌륭한 제철해산물 소개만화 _로로

피해자 목록 : DC, 스타워즈, 블자, 사펑, 급소가격이 선택한 주식
外 _개소리하는고양이

"세상에서 가장 두꺼운 이혼청구서." _인사2드

제철 음식 추천만화가 되어버린 영화 리뷰를 아시오? _hailee

포브스 선정 라면받침 1위 _planb

균형이 맞지않는 가구, 삐뚤어진 전자제품, 뜨거운 물건을 둘데가
없을때! 이모든 문제를 해결해 드립니다! 부기영화 the book _지나엔

영화 애널리스트입니다. 항문을 좋아하는 애널리스트가 아니구
요. _Plahm21

일단봐라,뭔가를 알게 될것이다. _베먹사

"책을 보면 알게 되리라, 이 곳에 여빛이 갈려들어 갔음. GLORIA! GLORIA!" _timelesstime

"와 이게 드디어 나오네요ㅋㅋㅋㅋ 추천사-상남자특)부기영화 단행본 사서 읽음" _괴수왕

"1. 나 작명소 산 사람인데 작가가 저렇게 출사표까지 던지는 모습을 보니 이미 만족했다. 후진 이름이 와도 괜찮다. 역시 말 한마디로 천냥 빚을 갚는 작가다" _멀부

무슨 판단이냐, 돈을 시궁창에 버릴 셈이냐? _리파인

저 책은 바다에 버려요. _홍시맛자라

"어떤 어려운 영화를 만나도, 뭔가 숨겨진 의미가 많은 것 같은 영화를 만나도 항상 부기영화는 그런 영화들을 친절하게 분해시켜 우리에게 제공합니다. 영화인생에서 가장 잘한 선택은 부기영화의 <리얼> 리뷰를 본 것" _Martin

주식 성공 특급 비법! 이 책에서 추천하는 주식만 안 사면 된다! 야 너도 일론 머스크 될 수 있어! _블루제이

포스트 코로나.

기준금리 3%의 시대에 남들이 더 좋은 예금 상품을 찾아 동분서주할 때 그들은 이 책을 샀다.

우리는 그들을 이렇게 부른다.

도저히 말릴 수 없고 말조차 통하지 않으며 무슨 생각인지 통 알 수 없는 자들.

줄여서

유전자 조작 병아리.

후원자

chan0322
Changjune Park
chaosbl****
Che
cheh****
Chieru Fluoxetine CHIPS
chjha****
chkd
Choi Sunghwan
ChoJel
CHOONGJAE WON
Cinde
cksgh****
clemen****
Cloud
cmy펑크
cnopak
conner
croissants
CromiumBlack
cu****
CubeHead
curo****
Cyanogenmod
C의C
d***
d****
d****
d****
D_tAk
dabb
daedud****
DaeHyun Koo
Dae-Ung Chun
Daeyoung
Damiano Kim
daowmd
dark destiny
darkul****
darssa556
db05****
ddc

dear0904
Delan
Der Neugierige
DestinyFATE
DEVIL to RAYS
Dew2
dhwndyd
DIO
diso****
ditec8020
djathe123
DJLunatiK
Dksjl Alk
dksls
dnjfau****
DoheeKim
Dongkyu Kim
Dragonic
DragonJ
DrakeDuck
DrKim
DSmk2
duign****
Du-Kyeong Kim
Dummy9th
dust_****
e****
Earl_GOM
edstory
Eentle
egoista
ehddn****
EL
Elfind
eoe****
eowyn
esg
Eternity
Eugen.B
extinctioner
ez
FirstClass

fly11****
flying pettals
Fo11ux
fragme****
FreeMaker
gadori****
GAKA
gamma0b****
GaramLee
gardenn
Geon ill Lee
ggob****
Giggly JK
goman****
graym
grit
Grunebaum
GTM
gwon Lee
Gyujeong Lee
G팸
Ha Young Jae
hade****
hag****
hangeme****
hanjm13
hannah
Hanseol Kim
HaRoo
Hasta La Vista
HDR2RD
hectopa****
Heejo You
Helin
Helix Nebula
helltie
Heres
Hibachi
HKM
Hobbes
hosii****
hoti****

hotwi****
HS
HSO
hun****
Huni
hush
Hwang Kyeong Hoon
Hyeonsang Yoo
Hyukjae Jang
Hyun Ki Kwon
Hyunsol Kim
i9ya****
iamf****
iCaRus
IceCoffin
ieie
il****
ILLU
In Hyeok Baek
in****
inee
In-haeng Song
Injermi
InWoo Choi
Isla Mujeres
izuminoa
J
J.Hyun.P
jaak
Jack
Jae Wi Lee
Jaehong
Jaehoon You
Jaewon Noh
JaeyoungKim
Jang Chungyu
Jared Kim
Je Hwan Joe
JEC
Jeesub
Jeewoong Kim
JeHee Lee

Jeong-Hyeon Bak
JEONMATIASMARTIN
jigoo****
Jihwan Chun
JIN JIN LONG
jin****
jinh***
jinm****
Jinwoo Jay Lee
Jinyeong Park
jjgha****
JJJJ
jjs****
jk0****
JM
jmj
JMKim김종무
JMuser
Jo
John
John Doe
John Doe
john****
joy_****
JS
js98****
jsm****
JulinKim
Jun
June
June
June Heo
Jung Hyun Kim
Junhee Jang
Junho Choi
Jun-hwi Jang
Junker
jw3****
JWB
jy
kang****
Kasinoa

kat
kbj****
kch
kd****
kdidri
kdj
Keima
kepper
kgf****
khad****
kieron
kihoonee
Ki-jung Chae
killi****
Kim Kyung Jin
kimmaxi
KimYeongmin
kin is 야란
kino
kjw4569
KKB
kkp****
Kmoy
knightho****
kol****
Koo Bonseung
Kookaburra
KPolish
Kresnik
krystal
kt****
kuks****
KWON
KyungTae Lee
kyw****
lagom
lah****
Lavumi Eutria
Lee Jae Ho
Lee Jinyoung
Lee MS
leejun

Leirise 윤현승
lemonhurt
Letmewinner
lga****
lifekill
Lim Inchul
lim****
liquid
lis0415
LiveOut
ljygr****
LLC게온
LLDG
lllebb
lllllllllll
lms65****
logi
Logosist
LONEWOLF
longlawyi
LoveisPeace
lskjna
luck****
LuckyStrike
lud****
LudwigLee
lugi****
lun****
LUNATIKA
Lyle
m***
Madker
maloja
Mangwonchung
MANJA_PHOTOGRAPHY
mari_j****
marine****
MAVERICKS
mazelan
Meltingpot
Memeta
meow

mimimink
min789
minah****
MinJae Lee
Minori
miumso
MJ
mj****
mme
Mojito
MoonSoo Kim
Moore
mousez****
MPLS
Mr.SON
MrLonely
mrparks
MR견
mtiger****
MujsterRhi min
mutpia
my****
my_me****
mzza****
N1NE
NAIN
narm
Nase
Nego84
neki****
NeoType
niceb5y
Nifle
Nikil
no****
no2****
Noname
Nonickname
normalist
nothing
novins****
nQ

NSBP
nyanpaspas
o****
odontogenic
Ogenaut
okjae****
OOO
Oscuro
ozzy****
p****
PANDA
PangJuck
PanicPan
paulh****
pbg96****
pc****
pese****
phantom****
PI_P(パイ_)
Piel Kim
Pier
Pink
Pinkrrrr
Plan-B
PLANJAM
Platz
PMS
Pollux
Poodle
ProJ_000
PSK
qkrrm****
qudal****
qudduf****
quesqim
Quq
r****
rakoolog
RAYMAN
re****
re****
RealRed_공원

Regnier
relea****
Rene
Renew
renew
reor****
Restar
revi****
Rhodium
rice****
RIDDLEK-K
rlatngml
rlrlagk****
rnw****
rotce****
RYCBAR123
Ryeontaek
s***
s****
s1****
SaNaTos
Sangheon
Sanghyun Yang
SANGMU90
Savoia S 21F
schnabel
se****
seankim2019
Secundo
Se-hoon Oh
Semyeong Jang
seohyun
Seung-hye Kim
seungj****
SeungJae Lee
SeungjinPak
Seungmin Lee
SeungWon Shin
SH
sh****
SH2
shine

SHINJOOSEOK
shir****
Shiro
shop1233
SIH
SIHA
siiiisio
silence space
silvere****
sing****
sinho
SirAlonne
Siyeong Yu
Sjp
sky8****
slas****
Sleepbringer
SM
smitecarry
sno****
SOHN
solv****
Soly
Son
Sophy
SoulSola
Sparrowhawk
SR71BlackBird
ssy****
star****
StarBell
stepnelise
Stie
stud****
STV
sublimation
Suihya
sunghan****
Sungho Kim
supreme13
Surd
SUZAK

Swany
swi****
syo****
T
t****
TaeHoon Kim
taikono
TailsFoxGMR
take_it****
tan****
tao****
Tavelot
TEMP_P
the****
tien
Tigerhound
TimeWalker4U
Tipanil
TJ
tlqwj****
tmeod
tmfkzld
TNSD
toonmake
totoro****
Traiden
TrustGrizzly.Kim
u****
Ubunt0323
UKPDH666
ulairi
UN
ung****
UnSa
urt****
VA-11 HALL-A
VIN Stormstout
vousavez****
w2452510
WH1TE
whaler
whindn

wil****
Will Park
Wingzel
with투게더
wj4****
wnsgus****
Woo
wow****
wpcj****
ww2****
xlfk****
xloud
xox****
XZero
y****
y2****
Yanatora
yayomayo
yb
YejunKim
Yeo Seungtack
YeonMin Jung
yh****
yks****
yms****
Yoon
YoonELEC
Youngchun Park
Young-soo Park
Youtoo
YU용
Zangband
zzskstm****
가을잠
가입안 나
가지각색
감귤
감귤소다
감사합니다
감성
감자
강구원

강기욱
강다윗
강동원빈
강명신
강민기
강민수
강민진
강병구
강병모
강산아
강석
강석호
강성모
강성모
강성원
강승구
강영원
강우석
강의현
강이원
강재민
강정원
강주원
강준모
강지훈
강진묵
강진현
강한구
강호진
개가위
개판
가랑가랑
거북이
거의모든
거친사나이
건영
건전진동벨
검꼬미aka정의택
검은태양
검은하늘
게임좋아
겨우백육십

겨울날향기
계란
계란박사
계피파이
고고싱
고대환
고디바
고명아들
고명윤
고세훈
고양이 판사님
고양희
고어마가라
고영
고요한별
고정재
고지식한 바나나우유
고진석
고추냉이
고태영
고태우
고태일
고태헌
고현준
고휘주
골골이
곰
공공Zzill공공
공대식
공업기술
공종민
과일주먹
과제하는중임
곽영민
곽주일
곽준성
곽혜영
관일
광귤
광대제이
광민
괴인

구교준
구닥다리TV
구르믈버서난달처럼
九日
구진모
구형회
국콤작렬
굴군
궁서체임
권규준KYOJUNKWON
권기윤
권대형
권도
권동진
권민철
권상근
권순국
권영민
권영선
권영훈
권오영
권의호
권정훈
권진욱
권혁준
규석
귤귤귤귤
귤냥이
그남
그라인
그란디움
그레이드
그루비
그루비
그림그림
극크니우
글루콤
기억의 풍경
기중
김 동
김가령
김갑동

김강　　　　김레지　　　　김연재　　　　김종호
김강권　　　김마크　　　　김연준　　　　김종화
김강준　　　김맹스크　　　김영　　　　　김종환
김개불　　　김모　　　　　김영기　　　　김종환
김건희　　　김무영　　　　김영남　　　　김종훈
김경선　　　김민성　　　　김영석　　　　김주윤
김경태　　　김민수　　　　김영식　　　　김주홍
김광민　　　김민수　　　　김영준　　　　김준성
김국중　　　김민욱　　　　김영준　　　　김준성
김군　　　　김민재　　　　김영준　　　　김준성
김권영　　　김민철　　　　김영태　　　　김지
김규태　　　김민혁　　　　김옥현　　　　김지섭
김규형　　　김범석　　　　김용민　　　　김지수
김기영　　　김변신　　　　김용준　　　　김지운
김기철　　　김병근　　　　김용진　　　　김지홍
김넙치　　　김병주　　　　김우야　　　　김지환
김누리　　　김병주　　　　김우현　　　　김진규
김니거　　　김병철　　　　김웅정　　　　김진수
김단비　　　김부찌　　　　김원빈　　　　김진아
김단우　　　김상한　　　　김원빈　　　　김진우
김대광　　　김상헌　　　　김원진　　　　김진형
김대한　　　김새영　　　　김유신　　　　김짤짤
김도형　　　김석재　　　　김유진　　　　김찬영
김도훈　　　김선일　　　　김유진　　　　김찬호
김동건　　　김선호　　　　김윤하　　　　김창도
김동규　　　김성근　　　　김은섭　　　　김창현
김동규　　　김성년　　　　김은수　　　　김채원
김동균　　　김성돈　　　　김은희　　　　김철수
김동완　　　김성부　　　　김인수　　　　김철호
김동원　　　김성제　　　　김재규　　　　김춘희
김동제　　　김성헌　　　　김재성　　　　김치훈
김동준헤르시온　김성훈　　　김재윤　　　　김태강
김동진　　　김성훈　　　　김재중　　　　김태연
김동표　　　김성희ElinKarhen　김정곤　　　김태우
김동하　　　김순규　　　　김정묵　　　　김태진
김동현　　　김승빈alvanto　김정민　　　　김태현
김동현　　　김승후　　　　김정수　　　　김태형
김동현　　　김승훈　　　　김정욱　　　　김태호
김동현　　　김신우　　　　김정환　　　　김태홍
김동훈　　　김아름　　　　김제훈　　　　김태훈
김동휘　　　김양국　　　　김종보　　　　김택균Taekuri85
김두현　　　김연목　　　　김종원　　　　김평호

김푸름	나비	니노	듀잉
김학정	나쁜피	니잘난해적	드라가시스
김학진	나야	니켈	드렁큰곰
김한범	나치루	니켈하르파	드림이
김한섭	낙월	닌표	드제프
김한솔	낙타	님님님님	듬직한쿠마씨
김현기	난사람	다나벤	디웨이드
김현서	난여기서나가겠어	다니입니다	딜레탕트
김현철	날돌려	다루시아	딜리안
김형민	남상용	다죽자	딩가딩
김형섭	남싱욱	다프네	딴지
김형욱	남준식	닥터 샌드맨	딸기타르트
김형준	남화영	단이	또르르
김호진	낫	단팥쵸코	또신
김홍언	내돈가져	달빛바람	또에레스뚜뚜
김화랑	냉이	달빛여우비	똥깡
김환	나롱나롱	달빛파편	띵
김휘용	냔묘	달팽이	라네르
김히판	냠키	닭집고양이	라떼
까나리	냥냠이	당근	라라바이
까마귀	너 구 리	대보름	라비안
깜좌	너임나임	대원	라우비즈
까쮸	네로스	더스크	라이네비츠
꼬마유딩	네르폴	데르브링거	라이닌
꽁치	네버러지	데크라샤	라이트트윈스
꾸꾸다스	네일린	도노	라크노스
꾸리구리	네코양	도라몽	라프스타
꾸익꾸익	넨달이	도미노	락지자
꿀은허니	노란만두	도제군	랩터군
꿈길	노르웨이숲	도토람	러드
꿈님	노잼e	독도바다	러셀토비
꿈의여정	노준수	돌고래	러쉬
뀨뀨꺄꺄	노트북	돌고래	레꼬단
끌밋한	노현곤	동구랑땡	레데르
고앵쓰	놀이터	동구밖과수원	레마린
끼룩이	농사꾼	동면곰	레몬
ㄴㅁㅇ	뇌내폭군	돼끼	레몬한개
나나나	뇨루	두	레몬향기
나나언니	눈부시도록	두툼한꼬랑쥐	레미쿠
나답지아늬하긔	뉴타잎	둥굴	레이디메이드
나무늘보	니-	둥둥	레인냥
나무아래하나가둘	니경재	뒹구르르	레티

박정하	반트	보리주니어	산들개
박정훈	발려	보비유	산만이
박종률	발바닥	보살	산체스
박종민	방구석두체	복길애비	산타이
박종진	방랑페인	복슬이	살랑
박종현	방한결	본드	삼청마케팅연구소
박주성	배고픈바나나	본인	삼촌
박주현	배고픔	본인	삿갓쓴어우동
박주호	배남주	봄은기적이다	상도
박주희	배성재	부기두두	상민
박준근	배수시	부드러운식칼	상민군
박준상	배주웅	부엉군	상생
박준서	배째라정신	부엉이42	상욱
박준영	배탈에는매실원액	부왕주왕	상은
박준오	배혁규	북북춤후계자	상프
박준우	배후세력	불독	상현
박준혁	백곰	불량소년	새벽이념
박중현	백곰반장	붉은파랑	샐리핀
박지성	백곰ㅋ	뷔에에에	생각중
박찬익	백승원	브로드퀸	생라면
박찬익	백인수	블러노드	생선생
박찬현	백종철	블루스콘	생존자
박찬호	백천수	블리	샤샤당
박찬호	밴쿠버	비넷	샤스테냐
박창민	버려진똥	비바부	서늉
박채현	범버꾸	비버 (원양산)	서드
박태원	베리오스	비피군	서민호
박태환	베이메르	빈	서병준
박하나	벨루안	빈울이	서보원
박힌걸	벨릭	빙수크림	서수신
박현민	변종연	뿌나나	서유
박현수	별	뿡뻥	서유정
박현재	별난방	사과사탕좋아	서재민
박현호	별빛금속	사기리	서재윤
박형욱	별빛하늘	사나없이사나마나	서정민
박효진	별오다	사도세자 뒤주 안에 같이 갇힌 쥐	서준용나면
박희찬	병속의달	사람3	서진환
박희철	병수	사바	서찬혁
반딧불이	병신만보면짖는개	사버	석지윤
반사	병종	사이엔	석찬
반역자유시	보노HG	사현	설거지의
반재민	보름달	사호	요정

성덕
성보석
성수빈
성순톳
성채영
성태우
성현
성효
세레미안
세린
세오리
세이엔
세이유
세컨드리
세피아쿠아
세현김
셉영
소란스러운밤
소범준
소봉한소봉이
소설거의다좋음
소솜
소울메이트
소인배
소인배
소정리역부역장
소플렛
손
손권
손님돼지
손상영
손성원
손승연
손영혜
손윤성
손윤창
손현권
손현오
손현욱
손형락
솜별
송단욱

송명종
송승곤
송영준
송예찬
송이
송이버섯자
송인재
송재환
송창일
쇼킹핑크
수면부족
수면의과학
수박이랑
수색머신
수염고래
수저세트
수정구슬
수펍캣
수히나
숫자세어주는양
쉼표
슈글슈글
슈발리에
슈터
스노우볼
스마일
스카디
스타
스플로지
슴덕이아빠
숫호
승민
승요차
승협
시겔
시공못잃어
시공아재
시나브로233
시날브로
시노리어
시노엠
시오넬

시우
시호
식2
신경민
신경섭
신기원
신동진
신세빈
신승범
신영준.라파엘
신재근
신재원
신정규
신종철
신지영
신혁선
신현승
실러넷
실베스터
실크
심경민
심은규
심정우
심지성
심태완
심해두더지
심헌태
싱샤
쌍경진
쑥쑥
ㅇ벗다
○○
아낙수나문
아네메아
아뇨
아누보리
아라센
아르르
아리
아리세인
아무개
아뭐야

아세르
아스꼼쮸
아스타틴
아아아아우
아오리가좋아
아옵틀
아우이
아울붓
아이구야
아이온
아이페
아흐레
악어토스트
안기혁
안돼라센
안서루
안수연
안준철
안준헌
안중건
안지애
안진후
안채원
안치원
안현섭
안현섭
알버트
알켐
암거나
앗흐트랄
애니매냐
야채죽
야후레트
야훼의최애캐
얌이다
양
양병국
양성진
양승우
양승조
양승호
양쑨이

이동수　　　　이수환　　　　이정현　　　　일-
이동혁　　　　이승준　　　　이정환　　　　일기쾌청
이드기　　　　이승준　　　　이정훈　　　　일단인간
이런저런　　　이승진　　　　이정훈　　　　잃어버린검
이럴수가　　　이승철　　　　이정훈　　　　임 지효
이름을 입력하세요　이승환　　　이종선jongsunlee　임광진
이리란　　　　이승훈　　　　이종원　　　　임기서
이무형　　　　이승훈　　　　이종혁　　　　임도연
이민기　　　　이시혁　　　　이주경　　　　임병훈
이민우　　　　이신재　　　　이주녕　　　　임성현
이민우　　　　이쑤시개　　　이준　　　　　임수영
이민욱　　　　이야기　　　　이준기　　　　임시훈
이민재　　　　이어진　　　　이준무　　　　임윤규
이범희　　　　이영민　　　　이준석　　　　임재운
이병준　　　　이영현　　　　이준호　　　　임주한
이봉자　　　　이영호　　　　이중현　　　　임진원
이사만루홈런　　이오균 a.k.a 쟈이즈　이지수　임츄
이상명　　　　이왕근　　　　이지호　　　　임태윤
이상우　　　　이용우　　　　이지환　　　　임태천
이상욱　　　　이용희　　　　이지훈　　　　임판호
이상준　　　　이욱진　　　　이지훈　　　　임현진
이상진　　　　이웅찬　　　　이진혁　　　　임운룡
이상한애　　　이원명　　　　이진현　　　　입운룡
이상헌　　　　이원형　　　　이창원　　　　잉간
이상현　　　　이유건　　　　이창현　　　　자갈치Groove
이상호　　　　이은국　　　　이채진　　　　자나
이상화　　　　이은규　　　　이챠르　　　　자뮤트
이상훈　　　　이인성　　　　이프유켄　　　자작나무
이석민　　　　이일재　　　　이하람　　　　작고임
이석준　　　　이재경　　　　이한빈　　　　작은해
이석진　　　　이재성　　　　이현승　　　　장경혁
이선생　　　　이재용　　　　이현일　　　　장난삼아
이선유　　　　이재우　　　　이현진　　　　장민우
이선윤　　　　이재표　　　　이형영　　　　장비
이선행　　　　이재훈　　　　이혜미　　　　장영우
이성남　　　　이저　　　　　이호택　　　　장우양
이성두　　　　이정선　　　　이홍래　　　　장욱조
이성렬　　　　이정섭　　　　이홍우　　　　장준흠
이성범　　　　이정용　　　　이홍재　　　　장한결
이성수　　　　이정인　　　　이희범　　　　장현준
이성욱　　　　이정한　　　　익은고기　　　장희원
이성호　　　　이정현　　　　인간일까　　　재규어요원
　　　　　　　　　　　　　　　　　　　　저녁

저녁들녘
저슭
적룡기사
적월
적월랑
적카
전건영
전도익
전미주
전민욱
진수호
전시현
전영균
전정석
전준형
전필한
전필훈
전형근
절미씨
정 용주
정다운
정다정
정동수
정모
정민기
정민우
정봉욱
정상적인
정상훈
정선우
정성용
정성희
정세진
정승준
정승호
정연하
정영종
정용진
정우빈
정원정
정원조
정윤성

정인우
정재원
정재학
정종우
정주영
정지원 JiwonJung
정지한
정진수
정진희
정찬호
정상욱
정철오
정태
정하
정현우
정현우
정현진
정훈성
제네
제로
제로나잇
제로폴
제이
제이
젠크스웰
조각모음
조석민
조성준
조씨아조씨
조알
조영
조용완
조용일
조용준
조운학
조윤민
조이스Joyce
조인혜
조재만
조재민
조재훈
조정훈

조조조조조조조
조준영
조진오
조현덕
조현인
조현철
조형진
존테리
종이학
주나곰
주나연나연오렌시연빌1422호
주령
주민규
주유소
죽은쥐
준
준
준열
중동고릴라
쥬논
즈베즈다
지나가던 시민 B
지노
지니언
지마이라
지바기
지성구
지에
지연우
지우
지우
지원
지철우
진
진
진민규
진상호
진영
진정용
진특별
진형준
진홍색달

징크스징크스
짙은빨강
쭈배
차가운인천남
차대근
차병준
차세희
차준희
찬s
찬규
잘밥
창세신
채광한
채문희
채여
채영주
책벌레
책벌레
챠리나트
처음과 같이
천경재
천웅재
청무
청무우밭
초록산
초리얼
최강현
최규형
최동환
최미미
최미애
최민규
최민석
최범준
최병렬
최석희
최선종
최성우
최성호
최성환
최순혁
최영

최영민
최영태
최우석
최우석
최우석
최우형
최욱진
최원일
최유강
최유나
최유형
최윤석
최은호
최인규
최재원
최재훈
최정규
최정우
최정호
최종호
최지원
최지철
최지한
최진영
최진원
최현민
최현범
최형원
최호재
최환서
최효석
추건욱
취두부
치즈
칠보산족제비
ㅋㅋㅋㅋ
카가밍
카네리아
카디널
카라멜
카론엘
카르

카르디아
카르엠
카마피
카시나크
카에레
카엔
카이
카이로어
카이저료
카케로
카트릿지
카페인
칸데르니아
캡틴 데드풀
캣님
커피포트
컨
케일
코스모
코카코
콘택트
쿄와
쿠키곰
쿠파
쿼터아워
큐리
큐브
큐수딧
큐터
크라운산도
크로스마리안
크루누
크리피 너드
크앙악어
클롬
클루페이크
킬링조크
킹죠니
타래
타메를란
타임워커
타천군

탄호빵
태혁
탱
턱시도가면
털찬
테레시스
테일스키
토낑
토라
토크
토템학
톤톤
통큰치킨
툴
튜
트간
트위티
티아스
파란날개
파란치즈
팔계
팜치
팡이
패러렐
패서스
팩팩
팬더
팬바신
펄스
페닉
펭구
펭귄
편도왕
푸
평범그자체
폐급
폭주량
표정태
푸딩 파이
푸딩하늘
푸른 신록
푸른구름

푸른나무가지
푸른수댕이
푸른하늘
풀썩
풀업질럿
풍사
풍선생
프록시마
프르
프리윈드
프린캡스
프쿠쿠
플4비타유저
플라잉 헤드 스튜디오
플래너
플루토
플리스킨
피아노
하녈
하누
하늘
하늘따기
하늘오름
하늘을걷는자
하늘하늘
하늘하늘
하드포맷
하루
하린하진하민엄마
하민
하산곡
하얀모자
하얀포말
하예
한규호
한글사랑
한기훈
한남규
한낮시민
한성현
한수민
한승훈

부기영화 2

초판 1쇄 인쇄일 | 2022년 10월 25일   초판 1쇄 발행일 | 2022년 11월 05일

지은이 | 급소가격, 여빛
펴낸이 | 강창용
책임기획 | 강동균
책임편집 | 신선숙, 강석호
디자인 | 가혜순
영 업 | 최대현

펴낸곳 | 도서출판 씨큐브
출판등록 | 1998년 5월 16일 제10-1588
주 소 | 경기도 고양시 일산동구 중앙로 1233(현대타운빌) 302호
전 화 | (代)031-932-7474
팩 스 | 031-932-5962
이메일 | feelbooks@naver.com

ISBN 979-11-6195-182-9   (03810)

씨큐브는 느낌이있는책의 장르, 웹툰 분야 브랜드입니다.

* 책값은 뒤표지에 있습니다.   * 잘못된 책은 구입처에서 교환해 드립니다.